Use a cabeça e o coração!

Na escola, uma palestra sobre
Mitologia Grega agita a turma!

Viktor D. Salis

Use a cabeça e o coração!

Na escola, uma palestra sobre
Mitologia Grega agita a turma!

Ilustrações de Valeriano

São Paulo – 2015
3ª edição

© *Copyright*, 2007 – Viktor D. Salis
2015 – 3ª edição. Em conformidade com a Nova Ortografia.
Todos os direitos reservados.
Editora Nova Alexandria Ltda.
Av. Dom Pedro I, 840
01552-000 São Paulo - SP
Fone/fax: (0xx11) 2215-6252
Site: www.novaalexandria.com.br
e-mail: novaalexandria@novaalexandria.com.br

Preparação de originais: Érica Finatti

Revisão: Flavia Okumura Bortolon, Lucas de Sena Lima

Capa: Antonio Kehl sobre ilustração de William Valeriano

Editoração Eletrônica: Veridiana Magalhães

DADOS INTERNACIONAIS DE CATALOGAÇÃO NA PUBLICAÇÃO (CIP)
ANGÉLICA ILACQUA CRB-8/7057

Salis, Viktor D.
    Use a cabeça e o coração!/ Viktor D. Salis; ilustrado por Valeriano – 2. ed. - São Paulo : Editora Nova Alexandria, 2015. (Coleção Viagem Literária)
    96 p. : il.

ISBN: 978-85-7492-364-2

1. Literatura infantojuvenil 2. Mitologia I. Título II. Valeriano

12-0333   CDD 028.5

Índices para catálogo sistemático:
1. Literatura infantojuvenil

Sumário

Vai ter palestra na escola..........7
Apresentando o trabalho..........13
O dia da palestra..........21
Pensando em tudo aquilo..........49
Dragões do handball..........67
Apêndice..........71

Vai ter palestra na escola

Tão logo a turma se ajeitou nas carteiras, o professor Gilberto, de História, que havia acabado de entrar na classe, anunciou que na semana seguinte haveria uma palestra sobre um tema de Mitologia Grega.

– Ih, que chatice! – cochichou o Ricardo para o Duda. – Com certeza vai ser um daqueles caras xaropes que ficam falando coisas que não têm nada a ver e depois, ainda por cima, cai tudo na prova.

O Duda se preparava para dar continuidade à conversa, mas o professor Gilberto, já percebendo pelo burburinho que a bagunça poderia tomar conta da classe, pediu silêncio e continuou:

– Podemos dizer que História e Mitologia andam juntas, são uma espécie de primas. Enquanto a História procura descrever e estudar o passado a partir dos registros de fatos, a Mitologia vê o surgimento dos povos levando em conta suas crenças e tradições. Na verdade, ela reflete sobre o mistério da existência e do porquê estamos aqui. Afinal, quem de vocês nunca se perguntou: "Porque nasci? Que faço com minha vida? Como será quando eu crescer?".

Duda virou-se para o Ricardo e comentou baixinho:
— Será que essa palestra vai ser legal? Já vi na internet umas coisas de Mitologia; filmes e desenhos também, e tem coisas interessantes.
— É, pode ser — disse o Ricardo, sem parecer muito convencido da coisa.

O Beto, sentado no fundo, na carteira da direita, ouviu o diálogo dos dois e resolveu entrar na conversa.
— Vocês são uns babacas, mesmo! — começou já pegando pesado. Ele, aliás, não perdia a oportunidade de provocar os colegas, sobretudo o Duda e o Ricardo. — A gente vai ser obrigado a ouvir essas baboseiras. Ainda se fosse um desenho animado dava pra engolir.

Os outros dois se entreolharam, mas não disseram nada, até mesmo porque o professor Gilberto começou a falar. Além disso, o Duda e o Ricardo procuravam evitar, sempre que possível, bate-boca com o Beto, conhecido na escola por ser encrenqueiro.

Sempre que alguma briga acontecia na escola, era quase certo de que estava envolvido.

Como preparação para a palestra do professor Robério, na semana seguinte, o professor Gilberto pediu para que a classe fizesse uma pesquisa em livros e na internet sobre Mitologia Grega, e dividiu a classe em grupos para pesquisarem sobre histórias míticas famosas.

O sinal do recreio tocou e, como não poderia deixar de ser, ninguém perdeu tempo; aqui e ali formavam-se diferentes grupos, cada um conversando sobre um assunto. O Duda e o Ricardo estavam juntos com o Renato, falando do campeonato de handball que o professor de Educação Física estava organizando. As turmas de 6ª, 7ª e 8ª séries participariam do campeonato, que estava previsto para começar daí a duas semanas. Combinavam como seria o uniforme do time deles, porque, afinal de contas, não se pode pensar apenas na parte técnica, pois a apresentação é uma coisa fundamental.

– A nossa camiseta pode ser de um azul bem escuro – sugeriu o Renato – tem umas dessa cor numa loja do shopping aqui do bairro. E a gente podia também colocar um símbolo na camiseta.

– Boa ideia – respondeu o Duda. – Lá no shopping tem também uma loja que vende umas camisetas que vêm da China, bem baratinhas, que têm um desenho de dragão. Elas poderiam ser o uniforme do nosso time.

– Seríamos os "Dragões do hand" – contribuiu o Ricardo.

Quando já estavam combinando a coleta do dinheiro para a compra das camisetas, foram interrompidos por um pedido de socorro. Era a voz do Paulo Henrique, que tinha sido empurrado pelo Beto e tinha caído no chão.

O Paulo Henrique era pacato e boa gente; era também uma vítima constante dos ataques do Beto. Ninguém sabia qual tinha sido a provocação daquele dia, mas o fato é que o Paulo Henrique estava caído no chão e o Beto preparava-se para chutá-lo.

– Seu pitbull! – Reagiu Paulo Henrique, gritando para o outro, que já se preparava para golpeá-lo quando foi

9

contido pelo Duda e pelo Ricardo, com ajuda de outros, incluindo o Renato, que veio logo em seguida. O Beto ameaçou partir para a briga, mas o Ricardo se colocou na frente.

O Beto não gostou nem um pouquinho da intervenção dos outros garotos, dirigindo para eles, sobretudo ao Ricardo, um olhar do tipo "você vai ver com quem se meteu". Mas como uma das assistentes da escola já estava se encaminhando para lá, todos disfarçaram, incluindo o Beto, pois havia o risco de pegar suspensão. O Paulo Henrique já havia se levantado e, mesmo indagado pela assistente, resolveu nada falar sobre o acontecido. Talvez estivesse com medo do que o Beto pudesse fazer com ele depois. Ou simplesmente não quis dar uma de "dedo-duro".

O sinal de volta à aula tocou e a turma começou a se encaminhar de volta à classe:

– Esse cara, o Beto, pensa que pode resolver tudo na pancada. Acha que pode mandar em todo mundo só porque é mais troncudo – disse a Ana.

– Ele é mesmo um pitbull raivoso – completou o Renato, já entrando na classe.

E as demais aulas transcorreram sem maiores incidentes. Na saída, os grupos se reuniram rapidamente para combinar como fariam o trabalho. A apresentação se daria na segunda-feira seguinte, pois já na quarta seria o dia da palestra do professor Robério. O primeiro a falar, sobre o tema "A origem da humanidade segundo a Mitologia Grega", seria o grupo formado por Duda, Ricardo, Ana, Renato e Paulo Henrique.

11

Apresentando o trabalho

A turma havia decidido que todos se reuniriam na sexta-feira à tarde na casa do Ricardo, pois o pai dele tinha uma boa biblioteca, e eles podiam também pesquisar pela internet. O melhor era começar e terminar o trabalho na própria sexta-feira, pois assim poderiam ficar livres no final de semana. Aliás, já haviam até combinado uma ida ao shopping no sábado à tarde para pegar um cineminha.

O Paulo Henrique conseguiu muitas informações nos livros do pai do Ricardo e depois todos foram para o quarto do amigo para complementarem o trabalho através da internet. "Todos" é um modo de dizer, pois enquanto a Ana, com a ajuda do Paulo Henrique, pesquisava o tema em diversos sites, o Duda e o Renato jogavam videogame, sendo "auxiliados" pelo Ricardo, que ficou na torcida.

A Ana e o Paulo Henrique protestaram e os outros três acabaram "se tocando" e começaram a participar. Depois de terminada a pesquisa – o grupo tinha que apresentar um texto escrito, mas haveria também uma apresentação oral para toda a classe na segunda-feira – ficou estabelecido que o Ricardo faria a apresentação. Ele não gostou muito da ideia, mas afinal ele era, da turma, quem melhor se expressava em público.

O final de semana foi divertido. No sábado todos se encontraram no shopping do bairro e o Duda e o Ricardo até aproveitaram para ir até a uma loja para ver as camisetas do time de handball.

Para não fazer feio, o Ricardo pegou o domingo à tarde para treinar a apresentação que faria no dia seguinte, no que contou com ajuda dos pais, que iam dando dicas e sugestões a partir dos mitos sugeridos.

A segunda-feira chegou e, pouco antes de começar a aula do professor Gilberto, os representantes dos cinco grupos já faziam um "aquecimento" para a apresentação.

– Na hora eu vou gaguejar – disse o Ricardo para a Ana.

– Que nada! – tranquilizou a amiga. – Você é o nosso "locutor especial".

Na verdade, o Ricardo "mandou bem" na hora da apresentação sobre o tema de seu grupo. Dando certa empostação na voz, começou:

– Todos os povos têm uma história mítica para contar o nascimento da humanidade. No nosso caso, as principais narrativas sobre isso se encontram na Bíblia, na parte do Gênesis, que é justamente aquela dedicada à origem do mundo. Os gregos da Antiguidade também tinham uma explicação para isso. Acreditavam que no começo de tudo, na chamada Idade de Ouro, homens e deuses viviam juntos e todos eram imortais. Mas, como se diz, "o que é bom dura pouco". O fato é que entre os deuses havia os chamados titãs, gigantes de força descomunal.

Nesse momento, alguém da classe interrompeu Ricardo:
— Já sei, entre eles estavam o Arnaldo Antunes e o Nando Reis — gritou o engraçadinho, fazendo referência a ex-integrantes da banda de rock Titãs.

A classe caiu na risada, mas o professor Gilberto chamou a atenção de todos e fez um sinal para que o Ricardo continuasse.

— Um desses titãs, chamado Prometeu, ficou com inveja dos deuses, porque eles tinham um fogo divino que dava o poder criador da inteligência. Então ele roubou e deu-o aos homens com a finalidade de armar um exército poderoso e, com ele, derrotar todos os outros deuses e assumir o poder. Ao ficar sabendo de tudo, o grande Zeus — o mais poderoso deus do Olimpo — decidiu afastar-se dos homens e estes, então, foram abandonados pelos deuses.

Duda aproveitou e fez uma brincadeira:
— Acho que é por isso que quando eu fico no sufoco saio falando: Socorro, Deus! Ajude e eu não ponho mais a mão no fogo!

A classe começou a rir, mas o professor Gilberto pediu:
— Turma, dá um tempo! Vocês são fogo mesmo...

Foi então que a classe riu de verdade e o professor Gilberto, percebendo o trocadilho que fizera sem querer, caiu na risada também, mas logo tratou de reassumir o comando da classe:
— Tá bom! Vocês venceram desta vez, mas vamos agora deixar o Ricardo falar.

— A gente pode ver — continuou Ricardo — que a história mítica dos gregos, até aqui, é bem parecida com aquela contada na Bíblia: nela, o homem também come o fruto proibido, também perde a sua divindade e é expulso do Paraíso.

— Muito bom esse paralelo que você fez — elogiou o professor Gilberto — e quero acrescentar que o fruto proibido era a mesma coisa que o roubo do fogo, porque o homem ganhou um poder enorme e usou sem pensar nas consequências.

— Mas professor — perguntou alguém —, que é que tem de errado a gente usar uma coisa que dá poder? É como num jogo de videogame; a gente faz tudo para ganhar e não tem graça nenhuma perder.

— É — respondeu o professor —, mas já pensaram que na vida real levar vantagem em tudo pode prejudicar a todos, incluindo a nós mesmos? Precisamos dos outros como eles precisam de nós. E como fica então? Mas este é um assunto para mais tarde; continue, por favor, Ricardo.

— Começou então uma nova era — continuou o Ricardo — chamada de Idade da Prata. Os homens ainda eram poderosos e imortais e não aprenderam a lição, pois começaram a promover guerras entre si — o que deixou Zeus novamente furioso. Foi quando ele resolveu mandar um grande dilúvio para acabar com a humanidade.

Aproveitando a deixa, o professor Gilberto resolveu dar a sua contribuição.

— Vejam, pessoal, aqui também tem uma coisa semelhante com a narrativa bíblica, que fala do grande dilúvio enviado por Deus, do qual apenas se salvaram os familiares de Noé e os animais que ele reuniu na arca construída por indicação divina. O Ricardo pensou consigo mesmo: "lá vem ele de novo: mas eu ia falar justamente isso". Porém não disse nada, pois, afinal, o Gilberto era o professor.

— Quase todos morreram — prosseguiu Ricardo —, restando apenas uns poucos justos, que ficaram vagando, perdidos pela Terra. Zeus ficou com dó dos sobreviventes e resolveu dar mais uma chance: eles formariam uma nova raça inaugurando uma outra fase mítica, a Era de Bronze.

— Mas quanta Era pra gente decorar! — protestou Renato — Se isso cair na prova vai todo mundo dançar. Não dá na mesma dizer que os homens faziam burradas e Deus castigava?

— Não se preocupe, Renato — respondeu o professor Gilberto —, eu não quero que vocês decorem nada, mas apenas que pensem um pouco sobre como a Mitologia vê o começo de nossa civilização. Continue, Ricardo.

— Espere um pouco; agora eu me perdi... Onde é que eu tava mesmo?... Já achei; falei do ouro quando a gente era legal com Deus e depois da prata, que foi quando a gente quis peitar Deus e ele meteu bronca na gente, mandando o dilúvio e afogando quem não prestava. Então só se salvou quem era bom e justo, não é não?

— É isso aí — concordou o professor —, pode continuar.

— Mas parecia que os homens só queriam saber de violência, egoísmo e ambição — continuou Ricardo —, e depois de tantas mortes Zeus reuniu os que sobraram e os dividiu em duas metades: numa colocou o masculino e na outra o feminino. Mandou então que cada parte buscasse

a outra para sempre e, assim, tivessem menos tempo para ficar se matando e mais para procurar...
– A cara-metade! – interrompeu berrando o Duda. – Agora eu sei porque a garota com quem eu estou ficando não se desgruda de mim – e caiu na risada com a classe embarcando junto, não sem que as meninas protestassem.
– São vocês que grudam na gente – devolveu a Ana.
O professor Gilberto percebeu que era hora de acalmar os ânimos e tratou de apartar a discussão:
– Calma, turma! É obvio que o homem precisa da mulher e vice-versa; é por isso que nasceu o amor, para unir a gente, para o casamento, para o lar... Mas vamos continuar sem interromper mais o Ricardo, ou não terminamos a apresentação do grupo hoje. Vamos lá.
Este tomou coragem e continuou.
– Nasceu então a Era de Ferro e é, portanto, aquela à qual pertencemos. Sofremos de doenças e precisamos trabalhar porque perdemos a imortalidade por nossa própria culpa. Buscamos a felicidade, mas ela é sempre passageira. Amamos, mas continuamos fazendo guerras sem sentido.
– Muito boa apresentação – vibrou o professor Gilberto, que foi acompanhado pela aclamação de toda a classe, sob a forma de palmas e gritinhos.
O Ricardo ficou meio sem graça e agradeceu aos colegas. No fundo da classe havia um outro aluno com raiva e inveja: era o Beto.
Os demais representantes dos grupos fizeram, tal como o Ricardo, ótimas apresentações de seus respectivos trabalhos. Isso mostrou que o tema Mitologia Grega havia tido uma boa acolhida na classe, confirmando as

expectativas iniciais do professor Gilberto e também dando garantia de que a ideia de trazer o professor Robério à escola tinha sido boa.

As pesquisas que os alunos fizeram resultaram igualmente em trabalhos escritos muito legais. E, por essa razão, foi solicitada ao professor Gilberto e aos alunos a autorização para que constassem neste livro. Assim, os trabalhos escritos sobre os mitos encontram-se a partir da página 72. Ali estão as histórias de Narciso, Eco e Pan; Perseu e a Medusa; a Fênix; a Quimera; Sísifo; o rei Midas e finalmente Édipo e Antígona.

Mas voltemos ao Ricardo. No final da aula, que era a última daquela segunda-feira, ele recebeu muitos elogios e cumprimentos de seus companheiros de grupo e também de outros colegas da classe.

Ele morava a umas três quadras da escola, numa das travessas da Avenida Central e, como os demais alunos, seguiu para casa depois de bater um papo com colegas na porta da escola em companhia da Ana, que morava próximo.

– Gostei muito do mito do Sísifo – disse Ana, enquanto caminhavam juntos. – Lembra da história? Foi condenado por Zeus a ficar empurrando uma pedra para cima da montanha e, quando conseguia cumprir a tarefa, via a mesma pedra descer "ladeira abaixo" e assim ele tinha que recomeçar o trabalho sem parar, eternamente.

– Coisa mais desesperadora – reforçou o Ricardo.

– Pois é – retomou Ana. – Aliás, como disse o Bebeto, é isso que acontece com aqueles que querem subir na vida a qualquer preço, sem cuidar do lado espiritual; lembra-se? Ele não queria morrer; só curtir, e por isso Zeus o castigou.

19

– Puxa vida! – espantou-se o amigo. – Você realmente gostou desse mito! Já eu gostei mais do mito de Édipo...

Nesse momento, tiveram que interromper a conversa porque cada um iria para o seu lado e não poderiam esticar mais o papo; a Ana tinha que sair com sua mãe. Despedindo-se, lembrou:

– Amanhã todo mundo tem que entregar o trabalho individual de Geografia.

Ricardo virou para a esquerda e seguiu seu caminho. Na esquina seguinte, quando estava a menos de uma quadra de sua casa, um vulto saltou à sua frente e lhe desferiu um violento soco no estômago, antes que ele pudesse esboçar qualquer reação. Logo em seguida, ele, que com o golpe quase perdeu a respiração, ouviu a voz do Beto gritando:

– Vamos ver se você é gostosão agora!

Na sequência, o valentão soltou uma gargalhada, enquanto o rapaz, curvado pela dor, observava-o indo embora.

Pouco depois, já um pouco recuperado, Ricardo seguiu para casa, os olhos cheios de lágrimas pela dor e pela humilhação.

O dia da palestra

Embora a turma estivesse animada – como ficou comprovado pelo envolvimento de todos nos trabalhos apresentados –, tinha-se na classe uma imagem incerta sobre o tal professor Robério, o pessoal comentava que ele devia ser uma figura velha e estranha. Afinal, se era um especialista em coisas da Antiguidade, devia ter algo perto de cem anos.

Mas, viram entrar na classe, acompanhando o professor Gilberto, um homem de aparência comum: cabelos claros, vestindo camisa esporte e calça jeans. Robério se apresentou dizendo que estava ligado à cadeira de Estudos Gregos da Universidade Federal. Em seguida, disse que começaria por definir o que era para ele Mitologia:

– Mitologia não é uma coleção de historinhas como os contos de fadas; são relatos que ajudam a entender coisas difíceis de explicar como quem sou eu, porque nasci, e o que será de mim. Enfim, o que todo mundo pergunta e não encontra respostas fáceis.

– Vejam quantas coisas a Mitologia poderá oferecer para vocês – reforçou o professor Gilberto. – Será uma ótima chance para pensarmos na vida e o que esperamos dela e ela de nós.

Alguém lá do fundão soltou uma pérola.

– Nossa! Agora falou difícil, grande mestre!

A classe, no entanto, reclamou e ouviram-se protestos.

– Deixa o cara falar; depois a gente pergunta o que não entendeu!

O professor Gilberto pediu silêncio e deu a palavra para Robério, que, depois de tomar um gole d'água, retomou:

– Hoje, eu gostaria de falar sobre um mito que considero particularmente importante: Os Doze Trabalhos de Hércules. Embora seja costume ver esse mito como a história de um herói de força sobre-humana que tudo vencia graças a isso, na verdade toda vez que tentava utilizar esta força, fracassava. Para vencer via-se obrigado a recorrer à sabedoria, a encontrar alternativas e caminhos pelo amor. Dessa maneira, os Doze Trabalhos de Hércules eram utilizados como a base da educação do jovem na Antiguidade, e todos traziam esta mensagem: "Para cumprir as grandes tarefas que a vida propõe, de nada adiantarão os músculos, mas a sabedoria e a arte de encontrar meios e a arte de amar".

Depois de uma pequena pausa, prosseguiu:

– Vamos então contar e discutir com vocês no que consistiram estes doze trabalhos. Não se esqueçam, no entanto, de que antes de Hércules ser incumbido de realizá-los, ele era um garotão que achava que tudo podia ser resolvido na força bruta, como muitos por aí.

— A gente conhece um cara que é bem isso que o senhor tá falando – reforçou alguém que não deu para perceber quem era, mas a classe toda riu olhando para o Beto, que se viu completamente sem ação e tentou disfarçar.

O professor Gilberto interveio para restabelecer a ordem.

— Por favor, pessoal. Os comentários são para depois: vamos deixar nosso palestrante falar!

Mas Robério respondeu de um modo que surpreendeu o professor Gilberto.

— Bem, este é o melhor sinal de que eles já estão aprendendo Mitologia, pois o que ela tem para ensinar é como podemos achar uma nova maneira de lidar com a vida diante dos problemas que ela nos apresenta. Eu não vim contar aqui histórias para vocês decorarem, mas para vocês utilizarem em sua vida.

— Mas assim você não vai conseguir contar os Doze Trabalhos de Hércules e eles vão ficar interrompendo toda hora! – protestou o professor Gilberto.

— Eu vou chegar lá, com sua ajuda e da classe, não é mesmo, turma?

A classe concordou, demonstrando que alguma simpatia nascera com o professor convidado; afinal, ele deixava o pessoal falar o que pensava. O professor Robério retomou então.

— Só para reforçar o que foi colocado aqui a respeito de um colega de vocês, algo parecido acontecia com Hércules, pois ele também queria resolver tudo no muque. Quando seu mestre, o poeta Lino, tentou ensinar-lhe como ler as grandes obras da literatura antiga, Hércules achou tudo isto muito chato e não teve dúvidas em atacar seu mestre atingindo-o com um golpe de sua clava na cabeça. Na verdade, quem de nós não teve vontade de fazer isto com um professor que achava chato?

Nesse momento, alguns da turma do fundão olharam para o professor Gilberto e desataram a rir, fazendo um burburinho. Mas o tumulto durou pouco, e o palestrante continuou:

– Naturalmente, Hércules teve que pagar por ter matado seu mestre e para tanto foi consultar o oráculo de Delfos para saber o que deveria fazer. Lembremos que o oráculo era a maior autoridade religiosa na Antiguidade (como o Papa é hoje para a fé católica), e sua palavra jamais poderia ser contestada.

– Dá licença, Professor Robério! É sério, mesmo – interrompeu a Cláudia, aluna aplicada que sentava bem na frente –, poderia explicar melhor quem era esse oráculo? Nunca pensei que já existiu alguém tão importante como o Papa.

– Claro que vou explicar; tenho certeza de que todos também querem saber. Oráculo de Delfos era uma espécie de grande adivinho e chefe da igreja daquela época. Todos, inclusive reis e generais, consultavam-no antes de tomar grandes decisões. Entenderam?

Diante da afirmativa geral, o professor Robério continuou.

– Faltou dizer que, naquele momento, Hércules ainda não tinha esse nome: ele, então, se chamava Alcides.

– Mas porque mudou de nome? – interrompeu Glauco, um aluno quieto que dificilmente se manifestava – Eu fui batizado com meu nome e não vou mudar nunca!

– Você está certo – concordou o professor Robério –, mas é que na Antiguidade as pessoas recebiam um nome como uma espécie de missão na vida e poderiam trocá-lo se achassem que um outro nome era melhor; é como hoje que a gente troca de profissão quando acha que não está bem no que faz.
– Legal! Agora entendi – retrucou Glauco, satisfeito com a resposta.
Prosseguiu então o professor Robério.
– Ao consultar o oráculo, este lhe disse que a partir daquele instante ele passaria a se chamar Héracles (em latim, ficou Hércules), e significava "quem percorre o caminho do herói", ou seja, conhecer a si próprio e ter a coragem de ser verdadeiro. Pode-se ver por aí o significado da palavra herói, que, aliás, em nossos tempos mudou completamente.
– Herói agora é o Homem-aranha – disse um engraçadinho.
– Fica na sua, Renato! Acho que eu peguei o que o professor disse – entrou de sola alguém. – Herói de verdade não é o babaca que a gente vê nos filmes e desenhos, mas o que tem a coragem de ser autêntico.
– Fica na sua você – devolveu Renato. – Que vantagem "a Maria leva" nessa? O herói tem que ganhar todas. Se ele fala a verdade e só toma na cabeça, não tá com nada!
– Vejam vocês como é legal discutirmos a questão do herói – disse o professor Gilberto interrompendo a discussão que já estava pegando fogo. – Temos duas maneiras de encarar a questão e acho legal vocês pensarem sobre isso.
O professor Robério, então, acrescentou:

– O colega tem toda a razão; não quero apresentar fórmulas prontas para vocês, mas convidá-los a pensar sobre a vida e a coragem de ser verdadeiro; esse é o papel da Mitologia e, se vocês querem saber, esse também é o exercício da democracia. Ninguém é o dono da verdade e estamos aqui para ouvir todo mundo, saber o que todos pensam e podermos dar nossas opiniões. Então vamos voltar para o herói, pois, como todos viram, a questão é polêmica; temos pelo menos duas maneiras de defini-la, e é legal que todos pensem a respeito.

– E assim – prosseguiu o professor Robério – Hércules partiu para realizar os doze trabalhos, que correspondiam às doze etapas que todo e qualquer jovem deveria realizar para se tornar um homem e ter a coragem de assim se mostrar, ou seja, revelar-se como tal e não ter nada a esconder;

A classe, no entanto, estava alvoroçada. Parecia discussão entre partidos políticos a questão do herói; os dois professores acharam que deveriam deixá-los manifestar suas opiniões.

– Pessoal! – disse o professor Gilberto. – Vocês vão agora discutir a questão do herói, mas sem baderna! Vou dividir a classe em três grupos e cada um elegerá um orador para que possamos ouvir suas conclusões sobre o que é ser herói. Dou quinze minutos.

A turma ficou eufórica, pois era difícil terem a oportunidade de manifestar sua opinião, especialmente sobre um tema que todos achavam que era tão importante em suas vidas. Foi inevitável o arrastar de cadeiras ajeitando os grupos, com os pedidos habituais de silêncio por parte do professor Gilberto, enquanto o professor Robério encarava tudo aquilo com naturalidade e secreta satisfação.

Gilberto não se conteve e disse para Robério:
– Não imaginava que eles ficariam tão motivados para o debate!
– Que ótimo, pois o papel da mitologia dos antigos gregos era justamente esse: cada mito era uma sugestão para

que cada um pudesse dizer o que sente e pensa. É isso que produz pessoas livres!
– Só posso concordar com você; nunca vi meus alunos tão entusiasmados em participar. Bem, vamos ouvi-los. Está na hora. O primeiro grupo pode falar.

A discussão estava acalorada e foi trabalhoso para o professor Gilberto conter os ânimos e ouvir o primeiro grupo.
– Quem será o orador?
– Vai, vai, a gente já escolheu você – disseram vozes indistintas do primeiro grupo, quando, meio sem coragem, levantou-se o escolhido, Zé Augusto.
– Bom... Nós achamos que todo mundo quer ser herói; é legal ser famoso e ganhar muita grana. Mas aí a gente viu que esse negócio de ser verdadeiro é meio complicado; hoje em dia, a maioria dos caras que são famosos são meio suspeitos. É isso aí.
– Muito bem, vamos ao próximo grupo – disse o professor Gilberto.

A porta-voz do segundo grupo levantou-se para falar, como se já tivesse preparado seu discurso, mas na hora deu branco total.
– Fala, Renata! Você não disse que encarava na maior tranquilidade? Provocou com indignação um dos integrantes do segundo grupo.

Mas a Renata tinha perdido a voz e então sua fiel amiga assumiu o comando.
– Tudo bem; eu falo. A Renata tá nervosa – declarou a Ângela tomada de coragem, aliás incomum, pois ela falava pouco. – Nós achamos que é isso que a gente tem que fazer na vida: ter a coragem de se tornar um herói do jeito

que os gregos falavam; isso de se mostrar e não esconder nada, não mentir... A gente tá morrendo de curiosidade para ouvir o professor Robério sobre esses Doze Trabalhos de Hércules, e achamos que vai ser muito legal.

– Vamos finalizar então e ouvir o último grupo – arrematou o professor Gilberto olhando para o relógio, preocupado com a hora.

– A gente aqui ficou discutindo muito e não chegou a nenhuma conclusão – revelou Paulo, do terceiro grupo.

– É que na nossa turma tá o Beto e ele botou areia na discussão, porque acha que herói é quem resolve tudo no muque, e nós não achamos.

– É que pra nós herói é quem resolve tudo na conversa e sabe escutar – arrematou Daniela –, mas o Beto...

– Tudo bem, pessoal – finalizou o professor Gilberto –, temos vários pontos de vista sobre a mesma questão e é isso que importa, pois agora cada um de vocês poderá pensar melhor sobre isso. Vejamos as conclusões de vocês: o primeiro grupo achou que ser herói é ser famoso, mas os que conseguem nem sempre o fazem por meios honestos. O segundo grupo concluiu que ser herói é ter a coragem de ser verdadeiro e pagar um preço por isso. Já o terceiro defendeu que herói é aquele que tudo resolve através do diálogo e não através de violência e da força bruta. Estou feliz com as conclusões que chegaram e diria que todas se completam e revelam o verdadeiro significado de ser herói. Se o grande sábio Sócrates estivesse aqui ele me diria: "Veja como eles já sabiam e apenas foi preciso deixá-los pensar e depois falar".

– Que história é essa de que nós já sabíamos – exclamou Carla, espantada, seguida por muitos na pergunta – e quem foi esse tal Sócrates?

– Explico já para vocês – interveio o professor Robério. – Sócrates foi um dos maiores sábios e educadores da Antiguidade e afirmava que se deixássemos o jovem pensar e falar, ele alcançaria o conhecimento, pois este só se alcança pela dúvida e pela discussão. Dizia ainda que o verdadeiro mestre não é aquele que tem resposta para tudo, mas aquele que nos faz pensar, perguntando ao invés de responder; vejam que foi justamente isto o que acabou de acontecer aqui. Ninguém falou para vocês o que era o herói, mas convidou-os a encontrarem respostas para a questão – e vocês conseguiram responder sem que nada fosse escrito na lousa e nem ter que decorar nada!

– Massa! Vocês são dez! – gritou um coro de alunos entusiasmados pela descoberta de que eles poderiam conquistar o conhecimento sem decoreba.

Os dois professores entreolharam-se com um profundo grau de satisfação e não conseguiam esconder a alegria de que, ao menos neste momento, sentiam-se herdeiros de Sócrates.

Retomou então o professor Gilberto.

– Vamos agora ouvir o professor Robério sobre os Doze Trabalhos de Hércules. Assim vocês terão a oportunidade de chegar a novas conclusões. Por favor, professor Robério, tenha a palavra.

Esse tomou novamente seu lugar como palestrante. Tomou mais um gole de água e preparou-se para iniciar.

– Vou contar então o primeiro trabalho, que foi o Leão de Neméa:

Um terrível leão assolava uma região da Grécia, chamada Neméa. Tinha pele invulnerável, o que tornava inútil o uso de armas para matá-lo e, após várias tentativas inúteis, Hércules ouviu o conselho de Atená de que somente poderia acabar com ele se conseguisse sufocá-lo em seu refúgio. Na verdade, esse leão estava dentro dele e de todos. Disse-lhe: "Descubra o leão que está dentro de você e aprenda a dominá-lo,

senão você nunca se tornará um herói e será sempre dominado por ele. Agora, a pergunta que faço para vocês é justamente essa: Quem é esse leão terrível, que pode nos dominar? Não precisam responder nada agora; é só para pensar".

– Dá licença? – perguntou Ricardo – quem é Atená? O senhor não explicou o que ela está fazendo aí; parece a professora de Hércules.

– De fato, Atená era isso mesmo. Era a deusa da sabedoria, que em todos os trabalhos ensinava Hércules a vencer pela inteligência e não pela força.

– Tô entendendo – concordou Paulo Henrique. – Que pena que ela não está aqui com a gente pra resolver umas encrencas...

Muitos perceberam o recado, que não era só para o Beto e formou-se um burburinho, logo contido pelo professor Gilberto.

– É, mas eu não entendi – protestou Marcos, que se sentiu claramente atingido – que papo é esse de leão dentro da gente? Quer dizer que ele manda em mim e eu tenho que aprender a mandar nele, senão ele toma conta?

– É isso aí – completou Beto –, eu sou mais eu; eu é que sou o leão, mando ver e ninguém me segura!

– Se liga, Beto! – rebateu Carmem, aluna conhecida pelo comedimento, mas que parecia ter atingido "a gota d'água" – Você não percebeu que se continuar desse jeito vai acabar sozinho? A gente não aguenta mais seu jeito estúpido! Qual é a sua? Se está com problemas tem psicólogo pra isso e, se não pode pagar, a gente até pode ajudar, se quiser conversar; na pancada não se resolve nada, só complica sua situação! – finalizou Carmem, muito nervosa pelo desabafo, quase chorando.

Imediatamente, colegas solidários tomaram seu partido, tentando acalmá-la, apoiando-a, admirados com sua coragem em jogar na cara do Beto a verdade.

– Não vai falar nada, Beto? – provocou Roberta, enquanto amparava Carmem.

Mas Beto estava gelado; nunca tinha recebido um desafio que não pudesse revidar no braço; sentia-se completamente impotente e desorientado. O professor Gilberto, percebendo a situação, interveio pedindo que acalmassem os ânimos.

– Vamos parar por aqui, pessoal. Peço que entendam que todos temos nossas dificuldades. Não adianta atacar uma pessoa como se ela fosse o leão que nos ameaça. Vamos tentar encontrar o que está dentro de nós e deixar cada um aprender a dominá-lo, pois cada um tem sua forma de ser e deve encontrar o modo de aprender a se dominar. Este é o desafio para todos nós. Prossiga, por favor, professor Robério.

Esse estava impressionado com a reação causada pela exposição do primeiro trabalho de Hércules, mas certo de que esse era o caminho para expor os mitos, ou seja, pela discussão livre e pelas perguntas, como se fazia na Antiguidade.

– Vamos prosseguir e contar o segundo trabalho, que era a Hidra de Lerna. Era um monstro aquático de nove cabeças, apenas uma delas sendo imortal. Cada vez que uma era cortada, renasciam duas no lugar. Novamente, as armas de Hércules foram inúteis, mas seguindo o conselho da deusa Atená, cortou-as e queimou imediatamente o local, impedindo assim que renascessem. No entanto, a última era imortal e, portanto, mesmo cortada, não morreria. Essas cabeças representam nossos vícios e agora lhes pergunto: que devemos fazer com eles, uma vez que parecem renascer e se multiplicar, quanto mais tentamos vencê-los? Por exemplo: todo mundo sabe que fumar faz mal para a saúde, causa câncer e outras doenças. Mas se a pessoa adquire esse vício, é uma luta quando quer abandoná-lo, até mesmo porque a maioria dos vícios proporciona prazer na hora e só depois percebemos os seus estragos na saúde.

– É verdade – comentou um aluno. – Há anos meu pai tenta parar de fumar e não consegue.

– Pois é – retomou o palestrante –, como a cabeça imortal da Hidra, o vício nunca morre, mas podemos aprender a governá-lo. Para tanto, basta seguir o conselho

de Atená: "É no fogo da coragem que se governam os vícios". E Sócrates completava, aconselhando os jovens: "O exercício da virtude é a eterna vigilância do vício". A conselho de Hermes, Hércules enterrou a cabeça imortal e colocou uma pesada pedra sobre ela com a obrigação de sempre vigiá-la.

– Complicou de novo, mestre! Agora temos uma nova figura na parada e não fomos apresentados a ela; o senhor pode explicar quem é esse Hermes? – inquiriu Duda.

– Claro que eu explico – respondeu Robério. – Hermes também era conhecido por Mercúrio entre os romanos e ajudava os homens a encontrarem seus caminhos na vida; usava um capacete com asas na cabeça e sandálias aladas nos pés. Dessa forma, alcançava rapidamente o que quisesse e ia do céu à terra e vice-versa em um piscar de olhos. Era ele quem levava as mensagens da deusa Atená para Hércules e o ajudava a entendê-las.

– Que deus legal esse Hermes – exclamou alguém do fundo –, eu também queria tê-lo ao meu lado na hora da prova – e deu uma risadinha.

Os professores também acharam graça, mas Robério respondeu.

– De fato, ele era o mais amigo dos homens entre os deuses, mas seu papel não era facilitar as coisas como, por exemplo, ajudando você na prova, mas sim te ensinar meios para estudar melhor e aprender a raciocinar e encontrar soluções.

Ricardo não se conteve e acrescentou, perguntando.

– Então ele não dá o peixe, mas a vara pra gente aprender a pescar?

– Exatamente – concordou o professor Robério. – Onde você aprendeu essa frase? – acrescentou curioso.
– É que eu tenho um tio meio filósofo e eu aprendo com ele umas frases legais – revelou Ricardo.

Com satisfação, prosseguiu professor Robério:
– Parece que somente conquistamos a virtude quando vigiamos os vícios; quando achamos que estamos livres deles aí é que ficamos mais sujeitos ao seu ataque. O grande homem não é aquele que não tem defeitos, muito ao contrário, é aquele que os reconhece, arregaça as mangas e põe-se a lutar para vencê-los.

– Que trabalhão a gente vai ter assim na vida! – protestou Marcos – porque a gente não nasceu sabendo e sem vícios? Era muito mais fácil...

– Isto só Deus sabe – interrompeu professor Gilberto –, mas é bom que vocês reflitam a respeito dessas questões da vida e tentem tirar suas próprias conclusões, enquanto vão encontrando cada um formas de lutar com seus vícios. Mas deixemos agora o professor Robério expor o próximo trabalho de Hércules; por favor, prossiga.

– Então vamos ao terceiro trabalho. Havia um animal, o javali de Erimanto, que não respeitava os territórios e as fronteiras e por onde passava tudo devastava. Seguindo o conselho de Atená, Hércules o perseguiu em campos nevados para que se cansasse e pudesse matá-lo. Esse monstro sem fronteiras refere-se naturalmente ao ser humano, essencialmente no plano material, pois umas das tarefas urgentes da educação deveria ser ensinar ao jovem a respeitar as fronteiras e os limites de si e do outro, pois somente assim pode nascer o respeito mútuo. A fórmula usada (vencer pelo cansaço) dá-nos uma idéia de como é difícil este aprendizado, mas também ensina que é pela insistência que chegaremos lá.

– Opa, agora ele pegou pesado! – o Ricardo cochichou para o Duda. O professor Robério ouviu o comentário e respondeu.

– Vamos ouvir sua opinião, meu caro aluno; quero saber porque você achou que fui duro ou "peguei pesado", como você disse.

Ricardo gelou ao sentir-se flagrado; não imaginara que o professor pudesse ter ouvido seu cochicho para o Duda. Mas sentiu que tinha que responder e começou, inseguro.

– É que achei que o senhor quis dar uma lição de moral na gente, com esse papo de respeito. Meu pai sempre fala a mesma coisa; que eu não tenho limites, que quanto mais me dá coisas, mais eu quero outras, que eu sou "um poço sem fundo", não considero ninguém, e por aí vai.

– Só posso dizer para você... Como é mesmo seu nome? – perguntou, algo embaraçado, o professor Robério.

– Ricardo, me chamo Ricardo!

– Obrigado; prossigo então respondendo que se dei a impressão de estar impondo fórmulas de conduta para vocês, esta não foi minha intenção. O que eu desejo é que vocês vejam como é difícil e necessário alcançarmos algum controle sobre as vontades e desejos, e como eles podem prejudicar-nos se os deixarmos à solta fazendo o que quiserem conosco, finalizou professor Robério.

– Legal, mestre; acho que agora caiu a ficha – concordou Ricardo e completou: – essa conversa foi muito boa.

– Continuemos na apresentação dos Doze Trabalhos de Hércules. Esses três primeiros trabalhos, como vemos, eram dedicados à educação da violência, dos vícios e virtudes e da aquisição de limites. Vamos agora conversar sobre eles, e depois continuaremos abordando os demais trabalhos. Quem gostaria de falar ou de fazer alguma pergunta?

Um tremendo silêncio dominou a classe: ninguém se aventurava a fazer perguntas ou comentários. Para quebrar o gelo, o professor Gilberto interveio:

– Vamos lá, gente! O que vocês acharam? Como o professor Robério acabou de dizer, esses três trabalhos eram dedicados à educação dos instintos primitivos e da violência, ou seja, o primeiro, o leão de Neméa, mostrava-nos como dominar o leão que nos habita; o segundo, "A Hidra de Lerna", procurava ensinar como vencer os vícios, e o terceiro, "O javali de Erimanto", como aprender a respeitar os limites e as fronteiras do outro.

Foi então que o Duda levantou a mão e pediu pra falar:

– Pelo o que eu entendi, o Hércules tinha a ajuda dos deuses. Se não me engano, era Hermes que lhe indicava

os caminhos, Atená que o aconselhava com sua sabedoria e Eros que lhe ensinava a fazer tudo com paixão.
– É isso mesmo; você pegou o espírito da coisa – confirmou o professor Robério.
– Assim é fácil – continuou Duda. – Eu nunca ouvi a voz de nenhum deus pra me dizer o que fazer. A não ser que meu pai e minha mãe sejam deuses gregos disfarçados!
A turma achou graça daquela sugestão. Foi quando a Ana entrou na discussão:
– O Duda está certo! A gente vive escutando os conselhos de nossos pais, mas eles quase sempre só ficam pegando no nosso pé e falando coisas como "é preciso ter profissão pra ganhar muita grana e se tornar, assim, gente de respeito!" Tudo bem, mas a gente quer mais do que isso. O Hércules, sim, teve mestres de verdade, que lhe ensinaram essas coisas.

O professor Gilberto concordou:
– Vocês têm razão, e é por isso que devemos refletir sobre as lições deixadas pelos sábios da Antiguidade, como estamos fazendo aqui, através da palestra do professor Robério.

Foi nesse momento que o Renato tomou coragem e entrou no debate:
– Quer saber? O que eu mais gostei é que esses três primeiros trabalhos de Hércules falam da necessidade de dominarmos a violência. Tem gente que acha que pode resolver tudo na força – disse isso e olhou para o Beto, que ficou novamente constrangido. – Outra coisa importante é que devemos respeitar os limites dos outros e não querer impor nossas próprias opiniões, como muita gente faz.

Ouvindo a intervenção do amigo, Paulo Henrique lembrou-se da agressão que havia sofrido, dias antes, do Beto. A dor física já tinha passado, mas ele ainda estava muito chateado. Num movimento espontâneo, olhou na direção de Beto: esse percebeu o olhar e abaixou a cabeça.

Como ninguém mais quis se manifestar naquele momento, o professor Gilberto pediu que o convidado prosseguisse na apresentação dos outros trabalhos de Hércules.

– Vamos agora contar a história do próximo trabalho de Hércules. O quarto trabalho – retomou o professor Robério – era diferente dos anteriores, porque Hércules recebeu a incumbência de capturar um animal sagrado dedicado à deusa Ártemis. Além disso, não poderia feri-lo e teria que devolvê-lo intacto ao lugar que era a sua morada, o monte Cerineu. Tinha pés de bronze, que simbolizavam o fato de ser inalcançável na corrida, e chifres de ouro que significavam, na Antiguidade, ter a sabedoria na cabeça.

– Chifres na cabeça, hein? – disse um engraçadinho lá do fundão – Pelo que eu sei a história é bem diferente.

– Imediatamente a classe caiu na risada, mas o professor Robério não perdeu a firmeza e retrucou.

– Conheço bem a malícia em torno dessa questão de ter chifres na cabeça; representam infidelidade entre os casais. Mas é preciso que saibam que até pouco tempo atrás representavam o nascimento da lucidez ou da consciência; basta ver a estátua de Moisés esculpida por Miguelangelo no século XV e que hoje se encontra no Vaticano. Entrem na internet e poderão conferir que Moisés tem chifres na cabeça.

A classe silenciou, percebendo que tinha dado um fora e o professor Robério prosseguiu, com tranquilidade.

– Naturalmente, Hércules tentou persegui-lo e encurralá-lo por todos os meios, mas foi tudo em vão. Finalmente, decidiu ouvir o conselho de Atená, que lhe disse: "Somente pelos chifres é possível pegá-lo, e mesmo assim somente se o fizeres com serenidade e delicadeza". Um dia, finalmente Hércules viu a corsa próxima no templo de Ártemis, sua deusa protetora. Aproximou-se calmamente e tocou-o nos chifres sem tentar agarrá-los. O animal deixou-se então levar e seguiu-o. Disse-lhe, então, a deusa Atená: "Agora você entendeu que o caminho do homem está na cabeça e não nos pés, pois estes representam a brutalidade e a burrice, enquanto que sua cabeça e seus chifres são o caminho para a conquista do sagrado, que se inicia pelo conhecimento da natureza, sem agredi-la e com delicadeza".

– Dá licença, mestre – observou Ricardo –, o que o senhor falou é muito legal, mas os pés da gente são importantes também. Eu adoro jogar bola e meu pai disse que tem que ter muito samba no pé pra ser um bom jogador. E meu amigo aqui, o Ronei, dá um baile na gente com o *skate*. O senhor não acha que nossas pernas e pés são também inteligentes?

– Concordo com você – respondeu o professor Robério –, mas eu peço que todos vocês observem que as pernas e os pés somente se tornam inteligentes quando a nossa cabeça intervém. Afinal, ao usá-los somente para dar chutes e pontapés não revelamos capacidade alguma, muito ao contrário.

– Quer dizer que nesse trabalho Hércules não podia nem pensar em usar sua força, não é, mestre? – interpelou subitamente Carmem – dá a impressão que está valendo aqui uma espécie de poder mágico e não seus músculos!

– Sem dúvida alguma; só que aqui não há nenhum poder mágico, mas tão-somente a intervenção da inteligência e do respeito.

– Legal, mestre – disse Paulo Henrique – deu pra entender que os pés são cegos sem o governo da cabeça.

– Vamos então apresentar o quinto trabalho de Hércules: os estábulos de Augias. Estes tinham acumulado esterco durante anos porque o rei, sendo muito ganancioso, quis tirar o máximo proveito de suas terras e acabou por adubá-las em excesso, o que as tornou estéreis. A deusa protetora da natureza, Deméter, castigou-o, condenando-o a ter suas terras inutilizadas por um período de sete anos. Foi isso o que provocou o enorme acúmulo de esterco em seus estábulos, pois ele não tinha mais a possibilidade de utilizá-lo como adubo em suas terras.

– Que nojo! – comentou a Sandra, uma menina que costumava sentar na frente da classe.

– Hércules – continuou o professor Robério – percebeu logo que nem toda a sua força e empenho seriam suficientes para executar a tarefa e foi então que o deus Hermes lhe confiou o seguinte estratagema: "Desvie o curso do rio Alfeu, construa um dique e cave um atalho que desemboque nos estábulos". E realmente Hércules obedeceu, e, quando abriu suas comportas, o ímpeto das águas invadiu-os, levando para o mar todo o esterco. A chave para entender este trabalho é "limpar num só dia". Isto representa o esforço que temos que fazer para limpar o corpo e a alma todos os dias. É fatal deixar que o "esterco" se acumule em nosso interior durante anos e isto se refere às nossas raivas, ciúmes, invejas, egoísmos e toda sorte de mal entendidos que acabam nos corroendo por dentro. Esse é o lixo que acumulamos no dia a dia e sem essa faxina diária não haverá saúde física e mental que se sustente com o passar dos anos. O que vemos aqui é o aprendizado de um hábito que a modernidade perdeu há muito tempo.

– Bom, mas o senhor podia explicar melhor esta história de tomar banho por dentro para não acumular lixo dentro da gente? – disse o Carlos Eduardo – Eu nunca ouvi falar disso.

– Vocês nunca tiveram dificuldade para dormir depois de uma discussão? Nunca chegaram em casa chateados por terem discutido com alguém que gostam? – perguntou o professor Robério e prosseguiu. – Estes são pequenos exemplos de como as coisas que guardamos dentro de nós mesmos podem nos fazer mal se ficarem mal resolvidas.

– Quer dizer que isso faz mal pra gente do mesmo modo que comer coisas que não são saudáveis, como frituras e sanduíches toda hora? – perguntou, espantada, a Roberta.

– Exatamente – confirmou o professor Robério. – Como vocês já perceberam, cuidar de nosso interior não é só comer o que é saudável e cuidar do nosso corpo; é preciso também cuidar de nossa alma e de nosso psiquismo. Vamos agora então ao sexto trabalho que se chamava "Os pássaros do lago Estínfalo" – e continuou:

– Os pássaros do lago Estínfalo eram aves antropófagas, com pés, bico e penas de bronze (este metal simbolizava a guerra e a destruição, ao contrário do ouro, que simbolizava a eternidade e a paz na Antiguidade). Atiravam suas penas como se fossem flechas e, além disso, eram muitos. Quando ameaçados, espalhavam-se por todos os lados, tornando impossível a tarefa de abatê-los. E realmente, Hércules desperdiçou todas as suas flechas nesta empreitada sem conseguir sequer atingir um desses pássaros.

Mais uma vez, Atená veio ao seu encontro trazendo nas mãos dois chocalhos que tinham o poder de produzir um ruído ensurdecedor e disse-lhe: "Esta será sua arma". Hércules ficou cismado, sem nada entender, mas mesmo assim resolveu sacudi-los para ver o que acontecia.

– Será que não eram pandeiros pra rolar um samba ou um pagode, hein, mestre? – soltou a gracinha alguém do fundão.

Todos caíram na risada, inclusive o professor Gilberto e seu convidado. O engraçadinho, vendo o sucesso de sua piadinha, não resistiu e prosseguiu:

– Não sabia que tinha carnaval também na Antiguidade; vai ver que estes pássaros eram parte do enredo da Salgueiro – finalizou o espertinho, com novas risadas de todos.

– Tudo bem – aquiesceu o professor Robério, sem perder a esportiva – mas voltemos agora ao mito. Qual não foi a surpresa de Hércules quando viu que produziam um ruído tão poderoso que estourou os tímpanos das aves, matando-as. Agora podemos entender o significado dessas terríveis aves antropófagas, que matavam com suas penas de bronze. Elas representam nossos voos e sonhos em conquistar mais e mais, e isso de fato pode acabar por devorar-nos. Já os chocalhos de Atená representam o alarme da intuição, que nos avisa para tomarmos cuidado em não voar alto demais.

O professor Gilberto, então, dirigiu-se à classe:

– Antes de fazermos um intervalo, vamos conversar um pouco sobre esses outros trabalhos de Hércules: o quarto, "A corsa Cerinita", está relacionado ao respeito à natureza. O quinto, "Os estábulos de Augias", ao aprendizado dos ritos de higiene interior e exterior, e o sexto, "Os pássaros do lago Estínfalo", à arte de não querer ir alto demais com projetos mirabolantes para nossa vida, pois além do sacrifício enorme, o tombo poderá ser maior ainda. O que vocês acham do que foi dito?

Após um breve silêncio, a Ana tomou coragem e falou:

– Acho que isso de respeitar a natureza a gente já está aprendendo. Somos os principais responsáveis pela destruição do planeta e temos que parar com isso. Mas eu ainda não entendi direito essa coisa de higiene exterior e interior. Claro, a gente toma banho todo dia, mas eu não sei como é isso de tomar banho interior. Na verdade, nunca tinha ouvido falar nisso.

O professor Robério, então, esclareceu:

– Vou explicar novamente, pois creio que todos nós esquecemos a prática desse hábito fundamental para nossa saúde como um todo. Como já disse, trata-se da higiene da nossa alma, ou psiquismo, como dizemos hoje, e isto era feito com o hábito de conversar conosco e com as pessoas de nossa confiança sobre o que se passou durante o dia de modo a se livrar das raivas, mágoas, tristezas, etc., que sempre acontecem. Era o exercício cotidiano de "colocar para fora" todos os sentimentos negativos que acumulamos, de modo a limparmos nossa alma.

A classe ficou tão interessada com o que acabara de ouvir e até o Beto passou a prestar atenção como se estivesse "navegando" num site de games. Neste momento, Rodrigo, que quase nunca se manifestava em ocasiões semelhantes, tomou coragem e disse:

– Quero falar um pouco desse sexto trabalho porque me incomodou essa coisa de ir lá pro alto e depois cair. Lá em casa todo mundo fala que é bom a gente pensar em subir na vida. O que é isso de a gente subir alto demais e depois despencar?

O professor Robério, então, respondeu.

– Subir demais não quer dizer que a gente não deva procurar sempre melhorar na vida, mas muitas coisas podem custar caro para nós e ser até desnecessárias. Por exemplo, tem sentido ficar trancado em casa, nunca ir ao cinema ou sair para jantar com nossa esposa e filhos só para economizar e comprar um carro novo? Tem sentido ficar todo mês endividado só para poder usar roupas e tênis de marcas famosas? Acho que esse trabalho quer nos mostrar como é importante sabermos até onde podemos ir e que muitos sacrifícios inúteis cometemos por simples e caro exibicionismo sacrificando, desta maneira, o prazer de viver.

Renato manifestou-se, concordando.

– Legal, professor Robério. Você acabou de tirar um peso das minhas costas porque eu sempre achei que na vida eu tinha que achar uma fórmula pra juntar curtição e trabalho, mas lá em casa todo mundo acha que a vida é só trabalhar pra subir. Como é que eu faço então para ficar na minha e achar meu jeito de viver legal? Como é que fica ganhar dinheiro então? Eu também quero tudo que a vida oferece de bom.

A classe não fez gozação das palavras do Renato; muito ao contrário, ouviam-se comentários aqui e ali de aprovação. Satisfeito, o professor Gilberto emendou:

– Mais uma vez, essas questões são para vocês refletirem e, aos poucos, tomarem uma posição sobre o seu futuro. Nem eu, nem o professor Robério temos as respostas certas para estas questões. Na verdade, acredito que cada um deverá encontrar a sua, buscando o difícil equilíbrio entre as obrigações que a vida nos impõe e o necessário prazer de viver com responsabilidade. Mas vamos fazer uma pausa agora, e depois voltamos para ouvir o professor Robério falar dos seis trabalhos finais.

Pensando em tudo aquilo

Os alunos foram se espalhando pelo pátio da escola, alguns já formando rodinhas para o bate-papo, outros se dirigindo à cantina.

– E, aí, está gostando? – perguntou o Rodrigo, aquele garoto meio quietão, mas que participou do debate, dirigindo-se à Ana.

– Gostei muito – ela respondeu. – Eu já tinha curtido bastante fazer o trabalho sobre a origem do homem. A palestra, então, está sendo ótima. Aliás, gostei muito da apresentação do seu grupo.

– Obrigado, foi legal pesquisar sobre aqueles três mitos: do Sísifo, aquele que quis enganar a morte; de Midas, o rei ganancioso; e o da Quimera, que fala dos ideais e conquistas que podem custar caro para a gente.

– Puxa, dá pra tirar muitas lições da Mitologia Grega.

Já o Duda e o Ricardo, na fila da cantina, tinham outro assunto:

— Cara, você já comprou as camisetas para o nosso jogo de handball na semana que vem? – perguntou o Duda. – Você ficou encarregado de comprar; não vai me dizer que esqueceu?

– Lógico que não – respondeu Ricardo. – Comprei aquelas camisetas vermelhas, com um dragão de estampa... – ele não chegou a concluir a frase, pois viu, no outro canto do pátio, o Beto com as mãos em cima do Paulo Henrique.

– Vamos – exclamou o Ricardo. – Parece que o Beto vai bater no Paulo Henrique novamente.

Os dois saíram correndo e se aproximaram. Mas logo se aliviaram: o Beto estava tentando conversar com o Paulo Henrique, que estava na defensiva.

– O que é que você quer comigo de novo? Dá pra me deixar em paz?

– Não é nada disso – disse o Beto, meio sem jeito –, não tô querendo briga; é só pra te dizer que tô com a cabeça quente. Dá um tempo pra mim; tô pensando nas coisas da palestra. A gente pode conversar depois?

— Falou, cara — respondeu Paulo Henrique meio assustado e sem perceber a mudança de atitude do Beto.

Logo em seguida a turma foi chamada para voltar à classe, pois a palestra do professor Robério ia continuar.

Após o burburinho de praxe, até todos se acomodarem, o palestrante retomou a palavra.

— Vamos falar agora sobre o sétimo trabalho de Hércules, relacionado ao touro de Creta. O mito conta-nos que o deus dos mares Poseidon enviou um belíssimo touro branco para castigar Minos, rei de Creta, pelo seu desprezo aos deuses. Este animal simbolizava o cego instinto sexual e tornou-se o pai do Minotauro, monstro antropófago com cabeça de touro e corpo humano. Quem sabe, numa outra oportunidade poderei contar-lhes esta história. Mas voltando ao touro de Creta, este foi enfurecido pelo deus Poseidon e passou a devastar tudo à sua volta. Hércules só teve sucesso em sua empreitada quando o encurralou em um desfiladeiro, onde exauriu suas forças de tanto correr, sem achar por onde sair.

– Mas professor – inquiriu Roberta –, será que o nosso instinto sexual é desse jeito; será que ele se parece com este touro bravo? Eu nunca senti isso comigo.

– É que você nunca me deixou chegar perto – provocou alguém da classe.

A classe ficou imediatamente alvoroçada e a turma dos rapazes reforçou essa impressão com comentários maliciosos dirigidos às meninas.

Professor Robério retomou a palavra e reforçou:

– Vejam vocês como esse tema provoca todo mundo; a educação do instinto sexual nada mais é do que o desafio em transformarmos esta força cega em algo belo. Não se trata em transformar ninguém em santo, mas também conquistar uma garota é uma arte, que não se faz agarrando-a e arrastando-a pelos cabelos. Concordam?
– É isso aí, mestre – disseram várias vozes em uníssono. – Falou difícil, mas falou tudo.

Prosseguiu, então, o professor Robério.

– O oitavo trabalho de Hércules consistia em domar as éguas de Diomedes, animais que eram também antropófagos. Para executar essa tarefa, ouviu o conselho de Atená: não se deixar seduzir por elas, mantendo-as à distância. Na verdade, essas éguas tentavam devorar a todos que encontravam à sua volta, pois elas representavam o amor ingênuo de algum infeliz que por elas se apaixonasse. Domá-las significava não ceder às suas seduções porque este mito tratava dos limites da fraqueza humana, uma vez que é preciso aprender a não entregar o coração a quem o devora. O amor ingênuo é devorador porque tudo entrega, mas quer tudo de volta e mais um pouco. Pensa que assim poderá apoderar-se do outro, mas na verdade acaba devorado.

– Essa me pegou – exclamou Augusta, falando pela primeira vez. – Nunca imaginei uma coisa dessas; todo mundo fala que eu sou tão legal. Será que esse meu jeito de ser tão legal com todo mundo tá errado? Eu sempre achei que se eu sempre fizesse tudo o que os outros me pedem eu seria amada. Será que não é nada disso?

   O professor Robério, percebendo a importância da pergunta, respondeu tentando ser o mais suave e franco que podia.

– Quero dizer para você e para todos que é preciso compreender que o amor que tudo entrega pode ser devorador porque quer tudo de volta e mais um pouco. É por isso que na verdade acaba sendo desprezado, ou devorado, como diziam na Antiguidade. O nono trabalho diz respeito ao cinto de Hipólita. Era tanto um símbolo de poder como de entrega. O homem ou a mulher que desatasse o cinto declarava seu amor ao outro. Nesse trabalho, Hércules aprenderá as artes e os segredos para conseguir o cinto da mais nobre das mulheres, a rainha Hipólita. O grande desafio de Hércules nesse trabalho é que ele simplesmente não poderá usar suas armas (alguém poderia conquistar o amor do outro pela força?). O desafio é justamente este: o cinto somente será entregue por Hipólita de livre e espontânea vontade se ela sentir amor por Hércules.

Mais uma vez, conferimos como eram inúteis a força e as armas e, especialmente neste trabalho, ele terá de encontrar outras armas. Teve de aprender que a grande arma para a arte de amar é a verdade, ou seja, somente revelando para Hipólita quem ele era é que teria alguma chance de ela entregar-lhe o cinto. Claro que poderia mentir e valer-se da falsa sedução, mas isto resultaria, mais cedo ou mais tarde em ressentimento, quando as máscaras caíssem.

– Quer dizer que para a gente ser amado é preciso mostrar quem somos de verdade? – disse o Ricardo, surpreso. – Eu é que não tenho coragem.

– Eu também não – reforçou alguém da classe.

– É, mas assim vocês vivem enganando a gente – disse uma menina.

– E por acaso vocês falam a verdade pra gente? – provocou outro menino. – Vocês são as maiores mentirosas, isso sim!

Como das vezes anteriores, o professor Gilberto teve que acalmar a classe e tomou a palavra.

– Como vocês podem perceber, o tema da arte de amar é sempre polêmico e provoca discussões; claro que a coragem de mostrarmos quem somos de verdade para quem quer que seja é sempre difícil – que dirá então revelar a nós mesmos para quem gostamos. Mais uma vez é um tema que não tem respostas prontas e que convida para uma reflexão. Mas devo insistir que vale a pena pensar sobre a coragem de mostrarmos quem somos de verdade para quem quer que seja. Retome a palavra, por favor, professor Robério.

– Como puderam perceber, estes três trabalhos de Hércules, o sétimo, oitavo e o nono trabalho, estavam dedicados à educação da sexualidade e da arte de amar. Nesse momento ouviram-se risos e gritinhos, além de comentários entusiasmados.
– Agora sim! Falou o que interessa.
– De repente, me deu vontade de vir na escola.
– Grande mestre! É disso que a gente gosta!
O professor esperou que se acalmassem e prosseguiu.

– Como percebemos, o sétimo trabalho, "O touro de Creta", procurava ensinar como domar os instintos sexuais e a brutalidade, afinal, não somos como os animais que entram no cio e ficam enlouquecidos para transar; além disso, temos que aprender a conquistar com sedução e arte o nosso par. Já o oitavo trabalho, "As éguas de Diômedes", mostrava os riscos de entregar nosso coração para qualquer um. E que nosso amor não pode ser ingênuo, mas sim sincero. Finalmente, o nono trabalho, "O cinto de Hipólita", ensina-nos a arte da conquista, que só pode ser obtida através da verdade e da coragem de mostrarmos quem realmente somos para aquele que amamos – e claro, corrermos o risco de sermos amados ou não. Mas, pelo menos assim, se conseguirmos realizar a conquista, terá sido por quem realmente somos.

Houve grande rebuliço na classe com as palavras do professor Robério, mas agora ninguém parecia tomar a iniciativa de falar. Então, passados alguns minutos, o professor Gilberto resolveu abrir o debate.

– Vamos, gente, gostaria de ouvir o que vocês acham. Afinal, ficaram tão entusiasmados quando ouviram que esses trabalhos ensinavam a arte de amar.

Claro que o tema causava interesse em toda a classe, mas na hora de falar...Bem, aí já é outra coisa! Foi então que um menino lá do fundo, tomou coragem e disse:

– O que mais gostei foi que Hipólita entregou para Hércules o seu cinto por livre e espontânea vontade e que ele nunca poderia tirá-lo à força – começou dizendo, um pouco envergonhado. – Entendi que a gente somente entrega o coração para quem a gente quer. Puxa, achei isto muito legal. Também gostei desse negócio de que se alguém vem com histórias, cedo ou tarde as máscaras caem. Não adianta querer ser mais do que se é para conquistar alguém; isso acaba virando contra a gente.

Solange também tomou coragem e acrescentou:

– É isso aí! Concordo com tudo. O mais importante é ser sincero.

A Sandra também resolveu participar do debate:

– Eu quero dizer uma coisa: gostei muito da lição que aprendi com a história das "Éguas de Diômedes". Percebi o quanto me iludo e depois acabo sofrendo.

Nesse momento, o professor Robério percebeu o quanto a classe estava envolvida. Estava claro que todos tinham parado para pensar. Prosseguiu então.

– É evidente que estas questões são muito importantes para vocês e para mim também. Não pensem que só porque sou mais velho eu já superei essas dificuldades. Na verdade, vamos passar a vida inteira aprendendo, cada dia um pouco, sobre estas questões. Mas vamos prosseguir, pois ainda há os três últimos trabalhos de Hércules. Vamos agora ao décimo trabalho: os bois de Gerião. Esse era um gigante monstruoso, com três troncos e um par de asas sólidas. Ele era guardião de bois magníficos, pois tinham pelos de ouro. A tarefa de Hércules era levá-los para a deusa Hera (deusa do casamento e da fecundidade) e resistir à tentação de se apoderar deles, pois é justamente isso que os bois significam: terra e riquezas materiais. Dessa maneira, esse trabalho representa o aprendizado do desapego às coisas materiais.

Depois de uma pausa para mais um gole d'água, o palestrante prosseguiu:

– Além do terrível Gerião, o rebanho era guardado por um cão de duas cabeças. Mais uma vez, a conselho de Atená, Hércules impregnou suas flechas com veneno e fulminou Gerião e seu cão bicéfalo. Tomou então seu caminho de volta, mas eis que quando atravessava as montanhas Atlas, surgiu o gigante Anteu querendo roubar-lhe o rebanho. Tinha uma força descomunal e retirava suas forças da terra. Hércules travou uma luta mortal com o gigante, mas este, toda vez que era derrubado, reerguia-se com forças redobradas, sendo portanto inútil jogá-lo contra o solo. É Atená quem dá a solução a Hércules, mandando seu recado pelo deus Hermes: "Levante-o no ar, pois é lá que morrem os que se apegam à matéria". Assim Hércules entendeu que deveria erguê-lo, não permitindo que tocasse o solo. Assim que o fez, o gigante morreu sufocado.

– Meu pai deveria conhecer esse mito – cochichou Rodrigo com sua vizinha de carteira, Solange – ele só pensa em dinheiro.

O palestrante fez que não ouviu o comentário e continuou:

– Esse trabalho indica que aqueles que se apegam às coisas materiais são facilmente sufocados por tudo o que é espiritual – que é aqui representado pelo ar. Além disso, Anteu era um monstro empreendedor; construía cidades e estradas monumentais e dizia-se que costumava empilhar em montanhas horrendas os esqueletos daqueles que morreram para realizar suas obras, na entrada de suas cidades. Era, portanto o símbolo daqueles que constroem o progresso às custas de vidas humanas e às custas da destruição da natureza. Fica claro aqui que o progresso não pode custar nem a destruição do homem nem a da natureza, pois isto não é evolução, mas retorno à barbárie, que muito caro custará a nós mesmos no futuro.

Prosseguimos agora com o décimo primeiro trabalho, cujo tema são os pomos de ouro dos jardins das Espérides. Os pomos de ouro foram um presente da grande deusa Gaia para sua neta Hera por ocasião de suas bodas com Zeus. Estavam guardados no extremo limite do mundo. A tarefa de Hércules era levá-los para a deusa Atená, mas depois deveria devolvê-los. Ao chegar ao jardim das Espérides, encontrou o gigante Atlas sustentando a abóbada celeste, pois este fora o castigo que Zeus lhe impusera por considerar-se mais forte que o maior dos deuses. Hércules pediu-lhe para colher os frutos oferecendo-se para sustentar o céu em seu lugar enquanto fosse buscá-los. Quando retornou com os frutos, Atlas não quis retomar o seu lugar dizendo a Hércules que ficasse de agora em diante sustentando o céu para sempre. Mas este usou um estratagema: Pediu-lhe que segurasse o céu por um instante enquanto colocava uma almofada no ombro e, assim que o tolo Atlas reteve novamente o céu, Hércules pegou os pomos e fugiu em disparada. Estes pomos eram romãs e representavam os frutos secretos que dão – para quem souber colhê-los no momento certo – a força da fecundidade física e espiritual, ou seja, o acesso à luz interior do nosso poder criador.

– Não sabia que eu tinha uma lâmpada dentro de mim. – comentou um engraçadinho – Só não sei onde fica a tomada.

– Quer que eu te mostre? – completou outro engraçadinho.

O professor Gilberto não perdeu tempo em recuperar o controle da classe:

– Não é o momento para gracinhas desta espécie; vocês estão atrapalhando o andamento da palestra do professor Robério e daqui a pouco tocará o sinal sem que possamos concluir sua exposição. Tratem de fazer silêncio. Prossiga, por favor, professor Robério.

– Vamos agora relatar o décimo segundo e último trabalho de Hércules, que era a captura de Cérbero. Essa foi esta a última e mais difícil de todas as tarefas: capturar o cão de três cabeças, que significava enfrentar a morte. Cérbero era dócil com quem adentrava os portões do Hades (a passagem para a morte), mas implacável com quem tentasse sair. Suas três cabeças representavam o julgamento do nobre, bom e belo que cada um praticou em vida. Quanto mais tivesse se dedicado a esses três princípios menos teria de temer Cérbero. Guiado por Hermes, Hércules desceu ao Hades e pediu a Plutão, o deus dos mortos, autorização para capturar o terrível cão. Este consentiu, contanto que o fizesse sem armas (quem poderia domar a morte com armas, pois elas são justamente sua causa?). Atená aconselhou-o: "Agarre-o de sopetão e mesmo assim correrás riscos. Este último trabalho encerra o que os antigos chamavam as doze etapas do homem em direção à espiritualidade e à superação da brutalidade e da barbárie, sendo a base da educação e formação do jovem que, na Antiguidade, chamavam de Paideia".

– Vamos agora – foi a vez de o professor Gilberto retomar a palavra – finalizar esta discussão sobre os Doze Trabalhos de Hércules, abordando o significado dos três últimos. Como viram, o décimo trabalho, "Os bois de Gerião", servia para o aprendizado do desapego material. O décimo primeiro trabalho, "Os pomos de ouro dos jardins das Espérides", ensinava a encontrar a fecundidade espiritual e a criatividade em nós. Finalmente, o décimo segundo trabalho, "A captura de Cérbero", abria o caminho para o mais árduo dos aprendizados, que era a compreensão de que tudo aqui na Terra é provisório e que partir daqui nada mais é do que uma das etapas da reconquista do paraíso perdido, ao qual um dia nós pertencemos, estando ao lado de Deus.

E, novamente, o professor Gilberto estimulou o debate:
– O que vocês acham então? Gostaria de ouvir a opinião de vocês sobre essa história de desapego, criatividade e

essa questão de recuperarmos nosso lugar no paraíso. Vocês lembram da história da origem da humanidade que o grupo do Duda, Ricardo, Ana, Renato e Paulo Henrique contaram para nós? Lá ficamos sabendo o que aconteceu com a raça humana e porque fomos afastados do divino. Ficamos sabendo também de que o grande motivo de estarmos aqui neste planeta não é só para ganhar dinheiro, mas é de fazer algo útil para nós e para os outros; e quem sabe assim encontrarmos um meio de retornar ao paraíso perdido. Isso é o que os antigos chamavam de *o verdadeiro caminho do herói*, que não tem nada a ver com a nossa ideia de herói de hoje.

Como não podia deixar de ser, após um período de silêncio e sussurros alguém decidiu falar, e este alguém foi o Ricardo.

– Acho tudo isso bastante complicado. O Hércules tinha um monte de bois de pelos de ouro, que deviam valer uma nota. Estavam todos na mão dele e ainda assim ele pegou e devolveu. Não sei o que faria no lugar dele, pois é como achar uma mala de dinheiro e devolver tudo!

O Beto resolveu também dar a sua opinião:

– Achado não é roubado. Se isso acontecesse comigo, eu também não sei o que faria.

Paulo Henrique, então, interferiu, indignado:

– Isso não está certo, não se pode querer ganhar de qualquer jeito. Vocês não estão vendo que neste trabalho Hércules está ensinando a gente que não adianta pegar aquilo que não é nosso?

– E precisa ter tanto ouro assim para ser feliz? – completou a Roberta. – Acho que a gente está precisando entender que não necessitamos de muita coisa para sermos felizes, e o que é dos outros, é dos outros.

Ninguém teve coragem de retrucar e, então, o professor Robério retomou a palavra.

– E essa questão da fecundidade e da criatividade que os pomos de ouro representam? Será que cada um de nós não tem um talento especial, um potencial único dentro de si? E não seria maravilhoso cada um descobrir isso dentro de si mesmo, que nada mais é do que seus "pomos de ouro"?

– Acho que o professor tem toda razão – interveio Marcos. – A gente não precisa ser medíocre e nem igual a todo mundo. Achei bárbara essa ideia de descobrir os meus talentos e me tornar criativo. Nunca tinha pensado nisso.

O Duda também entrou na conversa.

– É isso mesmo! É legal descobrir o que a gente tem dentro de nós e fazer alguma coisa com isso. Eu não acho que esse negócio de talentos é só para saber se eu vou ser médico, engenheiro ou advogado amanhã.

Foi quando o professor Robério finalizou:

– Bem, termina aqui nossa discussão sobre os Doze Trabalhos de Hércules e, como vocês puderam ver, são temas fundamentais para nossa vida, que não podem se resumir somente em escolher uma profissão e trabalhar. Reconheço que o tema é muito longo para ser tratado apenas em uma aula; na verdade trata-se de tema para se explorar a vida inteira e é isto o que sugiro a vocês.

O professor Gilberto fez as vezes de mestre de cerimônia:

– Quero convidar o professor Robério para retornar e fazer uma palestra em um futuro próximo sobre o tema da Paideia, que hoje ele apenas mencionou, mas que já deu para perceber que era a educação do jovem da Antiguidade baseada nos Doze Trabalhos de Hércules.

E, dirigindo-se ao convidado, exclamou:

– Professor Robério, agradeço a sua participação; uma salva de palmas para ele, pessoal!

A classe aplaudiu, com entusiasmo.

– Grande mestre! Falou e disse! É isso aí! É isso que é firmeza!

O professor Gilberto retomou a palavra.

– Em nosso próximo encontro, o segundo grupo vai contar para nós outras histórias da mitologia e nós também vamos discuti-las. As histórias que serão contadas são Narciso, Eco e Pan, Perseu e a Medusa, o pássaro Fênix, que renascia das cinzas, a Quimera, a história de Sísifo, que enganou a morte, o rei Midas, aquele que tudo tocava e transformava em ouro e, finalmente, Édipo Rei, o homem maldito que se tornou herói e imortal, e Antígona, a verdadeira heroína. Dou por encerrada a aula.

Dragões do handball

Finalmente chegou o dia do jogo e todos estavam alvoroçados.
– Cadê o uniforme? – perguntou Renato. – Tô louco pra experimentar a camiseta com o desenho do dragão.
– Nem me fale – concordou Paulo Henrique –, nosso time vai ficar o máximo com esse design.

A turma entrou no vestiário para se preparar para o jogo; na verdade, pareciam tão preocupados com o jogo quanto com sua aparência. Nesse instante, entrou Beto aparentando sentir-se meio deslocado, pois não tinha participado nem da escolha do uniforme nem estava escalado para o time.

– Que agito legal – comentou timidamente –, tá parecendo time de profissionais.
– Mas é assim que a gente tem que se apresentar – confirmou Ricardo –, o show tem que ser completo.
– E aí, turma – continuou Beto –, não dá para me escalar no time? Estou muito a fim de jogar.

– Vê lá, Beto – interveio Marcos, que era o capitão do time. – A gente não chamou você porque sempre arruma encrenca e nós não estamos a fim de queimar nosso filme.

– Não vai acontecer nada disso – retrucou Beto –, garanto que vou jogar limpo e não vai ter encrenca com ninguém.

– Quem te viu e quem te vê – falou Paulo Henrique. – Decidiu virar gente de repente?

– É, como é que dá pra confiar? – concordou Renato. – Todo mundo conhece tua fama.

– Deixa eu falar, pessoal – insistiu Beto. – Quero essa chance pra mim. Essa aula que tivemos ontem mexeu com minha cabeça, podem crer. Verdade, caiu a ficha; deu pra sacar que arrumar encrenca com todo mundo não tá com nada.

– Bom, numa dessas eu até topo – sugeriu Renato.

– É, mas por vias das dúvidas – disse com cautela Paulo Henrique – só se ele ficar no gol, porque assim não vai ter chance de atacar ninguém se ficar nervosinho.

– Então vamos resolver isso na votação – interveio Marcos –, se a turma aprovar, você entra no time.

Imediatamente começou a bagunça da votação no vestiário; para sorte do Beto, o resultado lhe foi favorável e ele foi eleito para ser o goleiro do time – mas ficou decidido que ficaria na reserva, pois o time já tinha sido escalado. Beto aceitou, vendo nesse gesto sua reconciliação com a turma.

– Eu topo – confirmou Beto. – Pra mim tá valendo.

Logo a seguir teve início o jogo, que transcorreu com o esperado entusiasmo. Havia a torcida da escola e a torcida do time convidado. O jogo transcorreu com altos e baixos para ambos os times, terminando finalmente num empate. Como não era uma partida decisiva do campeonato, ainda haveriam de se enfrentar em novo jogo, desta vez eliminatório.

Beto, para sua sorte, teve oportunidade de mostrar serviço, pois o goleiro do time sofreu uma contusão e ele pôde entrar em campo, fazendo duas defesas brilhantes, que salvaram o time da derrota.

De volta aos vestiários, a turma não escondia a satisfação de que não tinham sido derrotados, embora não tivessem conquistado a vitória. Mas todos reconheciam que tinham escapado da derrota por causa das defesas de Beto no gol.

– Valeu muito – comemorou Marcos e os outros, cumprimentando-o.

– Normal, caras – respondeu Beto. – Na próxima vai ser melhor ainda.

– Valeu, Beto – cumprimentou Paulo Henrique. – Você fica bem mais legal no gol do que socando a gente como touro bravo.

– Não tem mais essa, Paulão – conciliou Beto, e deu a mão para cumprimentá-lo, no que foi correspondido.

– Meu, essa aula do prof. Robério fez milagres. – comentou Paulo Henrique – Nunca pensei que esses Doze Trabalhos de Hércules balançassem assim a cabeça da gente.

Apêndice

OS TRABALHOS DOS ALUNOS

Aqui se encontram os resumos dos trabalhos apresentados pelos outros grupos de alunos sobre os mitos de Narciso, Eco e Pan, Perseu e a Medusa, o Fênix, a Quimera, Sísifo, Rei Midas, e Édipo e Antígona.

NARCISO, ECO E PAN: O AMOR DE SI E DO OUTRO

Narciso era filho de Céfiso e da ninfa Liríope. Foi concebido por ordem de Afrodite – a deusa do amor e do belo – para que tivesse uma extraordinária beleza e viesse ao mundo para a todos encantar e desviá-los da discórdia. No entanto, quando nasceu, o adivinho Tirésias predisse: "Viverá enquanto não se ver".

Na verdade, a etimologia de seu nome já revelava essa terrível profecia. Narciso deriva de "Narkono", que significa "paraliso", "adormeço", "anestesio" e derivou também a palavra narcótico em nossa língua; a flor Narciso tem também propriedades narcotizantes.

Um dia, voltando da caça, inclinou-se para beber numa fonte e viu-se pela primeira vez. Imediatamente apaixonou-se por si mesmo e, desesperado por não poder reunir-se consigo, caiu e desfaleceu. As Ninfas, as Dríades e as Naiádes, todas belíssimas, tentaram despertá-lo de seu sono mortal pela força da paixão que nele poderiam despertar. Mas tudo foi inútil e Afrodite, desesperada em ver suas enviadas fracassarem, decidiu enviar-lhe os mais belos jovens, para assim, quem sabe arrancá-lo do amor por si mesmo, que se considerava o mais mortal dos sonos. Novamente, foi tudo em vão.

Decidiu então chamar a deusa Eco em seu auxílio, pois seu amor nunca fora rejeitado por ninguém. Eco tudo de si entregava e nada pedia em troca. Nunca nenhum deus e menos ainda um mortal tinha recusado seu amor. Mas foi inútil, novamente. Dizem que Eco, desesperada por ter seu amor rejeitado, atirou-se pelas montanhas e desde então ouvimos o ressoar de Eco, sendo esta a origem do som que se repete quando pronunciamos alguma palavra num vale; o eco que ouvimos nada mais é do que a deusa repetindo aquele que a chamou, tudo entregando e nada pedindo em troca.

De todo modo nada foi capaz de despertar Narciso do encantamento de si próprio, e a deusa do amor Afrodite, enfurecida, decidiu castigá-lo severamente porque, segundo as suas leis, o belo e o amor foram feitos para serem dados e jamais para serem guardados, como fizera Narciso, com a sua indiferença e paixão por si próprio.

Há duas versões para o castigo que Afrodite impôs a Narciso, ambas com o mesmo efeito: de acordo com a primeira versão, transformou-o na flor do Narciso, cujos efeitos são paralisantes e narcotizantes, como já dissemos. Segundo a outra versão, transformou-o em estátua, que também representa a beleza paralisada, que não pode ser amada pois é gélida e sem vida. Hoje dizemos que este é o destino dos narcisistas – belos, gélidos e sem vida.

O tema fundamental deste mito quer mostrar-nos os perigos que resultam de quem só ama a si próprio (Narciso) e de quem ama demais aos outros, tornando-se até sua repetição "Eco". Há mais um personagem neste mito, cujo nome é Pan, que era filho de Hermes e representava o amor adolescente que tudo busca e está sempre apaixonado. Na verdade, o mito começava com a seguinte frase: "Pan que amou Eco que amou Narciso que só amou a si próprio".

Podemos dizer que a história da condição humana oscila entre o extremo daqueles que só amam a si próprios e daqueles que tudo entregam para o outro; não importa, pois o risco é o mesmo, pois amar demais a si mesmo é tão perigoso quanto dar tudo de si para o outro, e na verdade a resposta não está no meio termo, mas no autoconhecimento que nos dirá quanto se deve guardar para si e quanto amor podemos entregar para o outro.

O mito de Narciso, Eco e Pan é uma parábola da arte de amar. O destino de Narciso é morrer, pois morre quem ama a si próprio. O destino de Eco não é diferente, pois morre da mesma maneira quem não ama a si próprio e tudo entrega. Já o destino de Pan é trágico, porque ele ama quem recusa seu amor e carrega o fardo dos que não desistem do amor cego, mas que não é correspondido.

PERSEU E A MEDUSA: PARA VENCER O MEDO DO DESCONHECIDO

O mito conta-nos que a Medusa era de uma extraordinária beleza e gabava-se de seus belíssimos olhos azuis e cabelos dourados, chegando mesmo a desafiar a deusa da sabedoria, Atená, de que era mais bela do que ela. Essa resolveu castigá-la pela sua arrogância e disse-lhe: "Você se vale de sua beleza para seduzir e usar aqueles que por você se encantam, mas eu revelarei tuas verdadeiras intenções. De agora em diante, seu doce olhar transformarei em gélido clarão, pois quem te encarar será morto petrificado por este olhar. Além disso, teus belos cabelos transformarei em serpentes, pois é assim que você sempre os utilizou, pois, afinal, teu amor é o amor da serpente; você encanta para petrificar quem cair em tuas rédeas".

E então Atená transformou a bela Medusa numa horrenda figura de rosto assustador, com cabelos de serpente e olhos que petrificavam quem ousasse encará-los. Trata-se de uma máscara que revela as verdadeiras intenções daqueles que tentam falsamente nos seduzir e encantar. Também reflete nossa reação frente ao novo e desconhecido, pois é assim que reagimos, com temor, frente a tudo o que não entendemos ou desconhecemos. Sempre tentamos fugir ou negar tudo aquilo que não conhecemos, mas somente o caminho da sabedoria poderia nos dar a coragem de enfrentar a Medusa, ou seja, o desconhecido deve ser desvendado e aceito, mas jamais destruído. Por outras palavras, é muito fácil reagir ao desconhecido com preconceito, desprezo ou rejeição.

A história de Perseu mostra-nos o caminho que devemos seguir para enfrentar toda sorte de desconhecidos que haverão de surgir em nossa vida. Atená encarrega-o da missão de matar a Medusa e trazer sua cabeça, e ele parte então com este objetivo. Como não sabe onde ela vive, consulta em seu caminho as três Graias, pois estas eram as únicas que conheciam a sua morada. Elas eram tão velhas que dividiam um único olho para enxergarem e um único dente para comerem. É que quando eram jovens e belas, o grande Zeus concedera-lhes uma graça e elas pediram para nunca morrer. Este atendeu a seu pedido mas não lhes tirou a propriedade de envelhecerem. Assim, embora fossem imortais, envelheciam a cada ano que passava, sem que pudessem morrer; daí sua enorme decrepitude...

Quando Perseu pediu que revelassem a morada da Medusa, estas, por inveja da juventude de Perseu, recusaram-se em revelar, mas Perseu, muito astutamente, roubou-lhes o único olho e o único dente quando estavam distraídas e disse-lhes que somente os devolveria se revelassem a morada da Medusa. Estas, mais que depressa o fizeram, mas Perseu, por via das dúvidas, partiu levando consigo o olho e o dente, dizendo-lhes que os devolveria quando retornasse, pois queria ter certeza de que não haviam mentido.

Quando chegou ao lugar indicado pelas Graias, realmente lá se encontravam a Medusa e suas duas irmãs.

Mas Perseu sabia que não poderia ver a Medusa de frente, pois se o fizesse morreria petrificado. Valeu-se então de um estratagema: esperou que ela adormecesse e, polindo seu escudo até se transformar em um espelho, pôde nele ver o reflexo da Medusa. Aproximou-se então sorrateiramente e desferiu um golpe certeiro para cortar-lhe a cabeça, mas sem olhar para ela diretamente, e sim no reflexo de seu escudo.

Partiu então a toda pressa, devolveu no caminho o olho e o dente para as Graias, e dirigiu-se ao Olimpo para entregar a terrível cabeça, que não perdia seu poder, mesmo cortada, para a deusa da sabedoria Atená. Esta a colocou no centro de seu escudo e isto significava que a sabedoria tinha o poder de afastar e vencer o desconhecido.

Este mito representa o caminho que todo jovem terá que seguir para vencer o desconhecido com sabedoria e a coragem de conhecer a diversidade que as outras pessoas representam. O estratagema da imagem refletida no espelho revela seu significado: Somente pela "re-flexão" é que se supera o desconhecido, ou seja, o espelho representa a reflexão, o início da arte de pensar (refletir). Na verdade, não há outro caminho para o homem em vencer o horror do desconhecido, os preconceitos, a intolerância.

O FÊNIX E A QUIMERA: Para renascer das próprias cinzas e para governar os desejos e a cobiça

1- O FÊNIX.

O Fênix era um pássaro maravilhoso ao qual os egípcios antigos prestavam um grande culto em Heliópolis (a cidade do Sol). Dizia-se que vivia durante muitos séculos e assemelhava-se a uma imensa águia de plumas vermelhas, azuis e púrpura.

O mito conta ainda que era único, não podendo se reproduzir, mas somente recriar-se. No final de sua vida, recolhia-se num ninho de ervas aromáticas, para então lhe atear fogo e arder até não lhe restar senão cinzas. E é justamente destas cinzas que ele se recriava, pois enquanto ardia era impregnado pelo seu próprio sêmen e daí nascia um novo Fênix, que recolhia as cinzas do cadáver de sua vida anterior, colocando-as num tronco de Mirra e levando-as para Heliópolis, onde tinha lugar uma grande cerimônia.

Esses rituais estavam ligados àquilo que os egípcios chamavam de "grande ressurreição", sendo que o Fênix representava a morte e a arte de renascer. Trata-se aqui da questão de que o homem deverá encontrar durante toda a sua vida os meios para recriar-se, renascer e evoluir, mesmo quando não houver, aparentemente, a menor esperança. E esse era o desafio e o significado desse ritual: encontrar os meios de renascer das cinzas e quem for capaz de fazê-lo sempre encontrará como superar os fracassos que a vida muitas vezes nos impõe. Claro que o significado de renascer das cinzas é o caminho proposto para a evolução espiritual do homem e somente quem tiver a coragem de buscar a si próprio e sempre evoluir poderá alcançar a grandeza e a beleza que esse pássaro significava.

2- A QUIMERA.

É um mito que levanta duas questões: pode o homem voar sempre mais alto? E de que modo poderá fazê-lo? Ela representava na Antiguidade os terríveis monstros que podemos encontrar quando voamos muito alto, em busca do desconhecido. O herói Belerofonte foi encarregado de matá-la. Para tanto domou o cavalo alado Pégasus, nele montou e no lugar de utilizar armas de ferro ou de bronze, fabricou uma lança de chumbo para combatê-la, pois sabia que ela deitava fogo pelas ventas. Quando dela se aproximou, jogou-lhe a lança e esta imediatamente derreteu sobre ela quando lançou suas chamas. Como resultado, o chumbo derretido caiu sobre seu corpo ferindo-a mortalmente. Belerofonte gabou-se de sua vitória e achou que seria capaz de voar ainda mais alto. Fez então com que Pégasus alçasse voo em direção ao Olimpo, mas, quando se aproximou, o grande Zeus fulminou-o com seu raio dizendo: "Não é assim que chegará aos céus".

Aqui temos o alerta dos deuses para os homens por demais ambiciosos; não é pelo caminho do conhecimento racional e pela ambição desvairada que se alcança o divino, mas pela iniciação e pela espiritualidade. E, realmente, buscar "ideais quiméricos" há muito tempo representa o tolo e insano esforço de almejarmos ideais altos demais, que até podemos alcançá-los, mas que custarão nossa alegria de viver. A verdade é que nunca alcançaremos os céus dos deuses, por mais poderosos que sejam nossos cavalos, ou foguetes, diríamos hoje.

Nunca é demais relembrar o que a história nos deixou como lições: veja-se para tanto a França esfacelada pelos ideais quiméricos de Napoleão Bonaparte ou a Alemanha do período nazista. No plano individual, a história não é diferente, pois quantos e quantos homens não sacrificam sua vida e sua saúde para poder conquistar mais e mais *status* e objetos de consumo. E é muito tarde quando percebem que a vida passou e que se esqueceram de vivê-la.

SÍSIFO: O MAIS ASTUTO DOS MORTAIS, QUE APRISIONOU A MORTE

Era o mais astuto dos mortais e o menos escrupuloso. Adorava viver somente para os prazeres materiais que a vida lhe oferecia e sua maior tristeza era saber que um dia haveria de morrer deixando tudo aqui. Zeus, o maior dos deuses, já estava encolerizado com o materialismo de Sísifo e sua falta de espiritualidade, chegando mesmo a mostrar desdém pelos deuses. Decidiu então lhe enviar a Morte como castigo, mas o astuto Sísifo, percebendo sua aproximação, conseguiu aprisioná-la, escapando assim de encontrar seu fim. Mas o que não estava em seus cálculos é que com a Morte aprisionada não só ele, mas todos os mortais deixariam de morrer, passando a viver indefinidamente.

Aconteceu então que o mundo dos mortos, que os gregos chamavam de Hades, começou a se esvaziar. Isto aconteceu porque a religião grega concebia este mundo dos mortos como lugar de purificação e passagem para a preparação para uma nova vida. Por outras palavras, acreditavam que voltariam a viver. Desse modo, o Hades foi se esvaziando, porque não recebia mais mortos e Plutão, o irmão de Zeus que governava o mundo subterrâneo dos mortos, queixou-se para Zeus de que seu reino estava se esvaziando. Esse imediatamente descobriu o ardil de Sísifo e decidiu então lhe dar o mais terrível dos castigos.

Primeiro libertou a Morte, a seguir fulminou Sísifo com seu raio e finalmente tirou-lhe o direito de voltar a viver, aprisionando-o no Hades e condenando-o a rolar eternamente uma pedra colina acima e, quando ela estivesse no topo, rolasse de volta para baixo, para então tudo começar novamente.

Este é o destino reservado aos materialistas; a pedra rolando eternamente representa a mais inglória das tarefas. É inútil rolá-la para cima, pois ela retornará ao seu ponto de partida e, embora não faça sentido algum, terá que rolá-la novamente. Esse é o pior dos castigos para o homem, pois significa realizar um trabalho insano e sem sentido ao mesmo tempo. Além disso, o fato de Sísifo ser condenado a permanecer no Hades era para o pensamento grego o mais terrível dos castigos, pois significava perder o mais precioso que uma alma poderia almejar, ou seja, prosseguir evoluindo cada vez mais para uma nova existência. Vemos assim o castigo reservado aos materialistas, pois eles trabalham de modo insano para deixar tudo aqui e o que é ainda pior, não querem partir e, quanto mais a velhice avança, mais sovinas e apegados aos objetos se tornam. Mas nada disso adiantará, pois é como se estivessem rolando a pedra de Sísifo aqui mesmo, ou seja, estão levando uma vida sem sentido e com a aproximação da morte se desesperam, pois não construíram nada de espiritual em sua vida e veem-na como um profundo vazio. Na verdade, eles estão levando consigo a vida que construíram: vazia e sem sentido.

AS ORELHAS DE BURRO DO REI MIDAS, BAUCIS E FILEMON: O REI QUE TUDO QUE TOCAVA TRANSFORMAVA EM OURO

Certa vez, Baco – o deus Dioniso do vinho e do êxtase – deu falta de Sileno, seu pai de coração. É que este, tendo bebido um pouco a mais, perdera-se nos bosques. Foi encontrado por alguns camponeses que o conduziram ao seu rei. Este era Midas que por dez dias lhe ofereceu hospitalidade, até que da bebedeira se recuperasse – tão grande esta tinha sido.

Então o levou de volta para o deus Dioniso e este, agradecido, ofereceu a Midas a recompensa que desejasse, menos a imortalidade.

O rei, ganancioso que era, pediu para que tudo que tocasse se transformasse em ouro, no que imediatamente foi atendido. Dioniso, no entanto, lamentou que não fizesse pedido melhor, mas esta não foi a opinião do rei Midas, que se apressou em pôr em prática seus poderes. E não acreditou no que viu quando tocou um raminho que arrancara de um carvalho e viu-o transformar-se em ouro num simples toque. Tentou então com uma pedra e esta imediatamente transformou-se em ouro. Colheu ainda uma maçã; também ela se transformou em ouro. Sua alegria não conhecia limites; tudo que tocava realmente se transformava em ouro.

Dirigiu-se então ao seu palácio e ordenou que servissem um jantar magnífico, pois sentia uma fome de leão após tão longa caminhada. Verificou, no entanto, para seu horror, que o pão que tocava enrijecia e em ouro se transformava – aliás tudo assim reagia e até o vinho lhe descia pela garganta como ouro derretido. Ardia e provocava vômitos! Desesperado, tudo tentou para evitar a transformação de seu magnífico jantar em ouro. Ordenou que os servos o alimentassem para não tocar na comida, mas seus lábios se encarregavam de tudo se transformar em ouro. E o desespero aos poucos tomou conta do rei. Agora lutava para livrar-se do dom que tanto desejara, mas era tudo em vão. A morte por inanição era a mais próxima ameaça.

Ergueu então seus braços reluzentes de ouro e implorou a Dioniso que o livrasse daquela maldição; sim, esse dom era agora maldição e não desejo fantástico. Dioniso, em sua infinita bondade, atendeu-o, mas impôs a seguinte condição: "Vá até o rio Pactolo e siga a corrente até a fonte que lhe dá origem. Ali mergulhe tua cabeça e teu corpo para se purificar de tua ganância e cobiça. Em seguida, entregue tua riqueza aos que dela necessitam, de modo justo para que não provoque excessos e cobiças. Finalmente, trate de viver sem excessos e nem ganâncias, pois este é o caminho da ruína dos egoístas e dos invejosos".

E assim Midas obedeceu e passou a odiar a ganância e os excessos, cultuando o deus Pã, que representava a natureza e a simplicidade – mas não por muito tempo. É que era um rei arrogante e custava a aprender as lições.

Numa ocasião, um flautista chamado Tmolo teve a ousadia de comparar sua música com a de Apolo (deus da música e da beleza), e ainda desafiá-lo para uma competição. Apolo aceitou e elegeu Midas como árbitro. Quando

Apolo tocou seu instrumento, embalado pelo farfalhar das árvores, Midas entusiasmou-se mas não percebeu que era Apolo quem tocava e atribuiu a vitória a Tmolo. Apolo não tolerou que Midas tivesse um par de orelhas tão desatentas e estúpidas e achou que não poderiam continuar a ter forma humana. Assim, tornou-as peludas por dentro e por fora e fê-las crescer sem parar até tomarem a forma e o tamanho das orelhas de burro.

E Apolo declarou: "Somente as orelhas de um burro, somente o dono de um par de orelhas de um burro poderia ter realizado este julgamento." Então o rei Midas caiu em si, sentindo-se mortalmente envergonhado com as orelhas que ganhara do deus Apolo. Passou a escondê-las do modo mais eficiente possível, colocou-as por dentro de um turbante, mas seu cabeleireiro sabia evidentemente do segredo. Apesar das ameaças do rei, ele não resistiu e revelou – quem resiste em guardar tão fascinante segredo?

Fez então o seguinte: Abriu um buraco no chão para o qual contou todo o segredo: "Meu querido buraco, o rei tem orelhas de burro! Mas agora vou tampar-te para que ninguém saiba o segredo".

Mas neste buraco cresceu uma touceira de juncos, que logo passaram a contar para todos – sussurrando que o rei tinha orelhas de burro! E assim faziam toda vez que a brisa soprava.

ÉDIPO E ANTÍGONA: O QUE É SER UM HERÓI E UMA HEROÍNA DE VERDADE

1- ÉDIPO.

A história de Édipo e Antígona era conhecida na Antiguidade como "a maldição dos Labdácidas", que se refere a uma determinação do deus Apolo de que Laio, filho de Lábdaco e pai de Édipo e todos os seus descendentes morreriam, sem que a estirpe tivesse continuidade. Esta maldição teve origem no fato de que todos os descendentes do primeiro rei de Tebas, Cadmo, foram cruéis, preferindo uma vida materialista, traindo o juramento que fizeram aos deuses de governarem a cidade com justiça e humildade.

Os filhos de Cadmo são: Polidoro (aquele que tem "muitos dotes", mas desperdiçou todos), Lábdaco (aquele que se desviou dos caminhos), Laio (aquele que se conduz por linhas tortas), e Édipo (o de pés inchados, ou seja, aquele que tem dificuldade para encontrar o seu caminho). Antígona, filha e ao mesmo tempo irmã de Édipo, significa "aquela que procura aparar as arestas, ou seja, aquela que busca o entendimento com justiça."

A história de Édipo inicia-se quando seus pais Laio e Jocasta consultaram o oráculo de Delfos para saber de seu futuro e este lhes disse que, caso tivessem um filho, este mataria o pai e se casaria com sua própria mãe, praticando o incesto e tendo filhos com ela. Horrorizados com a terrível profecia, decidiram nunca ter filhos, mas um dia, num festim tomaram mais vinho do que deveriam e Jocasta engravidou. Quando o casal se apercebeu do fato decidiu que assim que este filho nascesse dele haveriam de se livrar, para que a maldição não se consumasse. De fato, assim que essa criança nasceu entregaram-na para um servo com a determinação de que furasse seus pés e neles introduzisse uma corda, amarrando-a de cabeça para baixo fazendo-a expirar. Mas o destino escreve certo por linhas tortas, e um pastor, a serviço do rei de Corinto, encontrou essa criança. Como seu senhor não tinha filhos, embora muito o desejasse, levou-a e ofereceu-a para o rei de Corinto. Ele e sua esposa imediatamente se encantaram, considerando a criança um presente dos deuses e, como não sabiam de seu nome, chamaram-no de Édipo, devido à sua condição (o de pés inchados).

Este cresceu sem saber de sua verdadeira origem, mas um dia, quando atingiu a maioridade, consultou o oráculo de Delfos – o mais importante adivinho da Antiguidade – para saber de seus caminhos, como todos os jovens faziam naquela época. Este lhe disse que ele estava condenado a matar seu pai e deitar com sua própria mãe. Horrorizado com a profecia, decidiu não retornar para Corinto, pois acreditava que lá estavam seus verdadeiros pais, e resolveu dirigir-se para uma cidade estrangeira. No caso, esta cidade era Tebas, que ironicamente era a de sua verdadeira origem. No caminho, cruzou com uma carruagem numa ponte, onde estava, sem que o soubesse, seu verdadeiro pai. Este exigiu que abrisse caminho para que passasse, mas Édipo considerou que era seu direito passar pela ponte primeiro, uma vez que já estava atravessando-a quando foi interceptado. O resultado foi uma luta feroz onde Édipo matou seu verdadeiro pai, sem saber quem era e a todos os que acompanhavam, menos um que fugiu esbaforido.

Quando chegou a Tebas, ofereceram-lhe a mão da rainha viúva de Laio, que era ninguém menos que sua própria mãe, sem que ele o soubesse. Casou-se com ela e teve quatro filhos, mas os sacerdotes da cidade impuseram-lhe como condição de permanência no trono que, além de desvendar o Enigma da Esfinge (quem és tu, de onde vieste, para onde vais?), encontrasse o assassino de Laio.

Aqui está a questão central: aquele que não sabe de si terá de encontrar a verdade de sua origem, ou seja, é o enigma socrático do "conhece-te a ti mesmo". Por outras palavras, o homem não tem outra saída a não ser o conhecimento de si próprio. Além disso, este autoconhecimento exige a busca da verdade e é o que Édipo fará. Arduamente ele investiga para encontrar o assassino de seu pai, que obviamente acaba se revelando por ser ele próprio. Pior ainda, acaba por descobrir que é o marido de sua própria mãe e que com ela gerou quatro filhos. Horrorizado com essa confirmação do oráculo, arranca seus próprios olhos e parte para o exílio que durará, segundo a tradição, mais de sessenta anos, perambulando pela antiga Grécia como suplicante. Esta grande peregrinação resultará numa purificação que fará de Édipo um homem santo e eleito dos deuses, pois ele teve a coragem de buscar a verdade de si e arcar com todas as suas consequências, mesmo não sabendo quem ele era desde seu nascimento e tendo sido condenado a morrer antes mesmo de nascer. Por outras palavras, esta é a pior condição que um ser humano pode encontrar: a negação do direito de viver, antes mesmo de nascer e a condenação a cometer os piores crimes – o parricídio e o incesto – por desconhecer sua origem.

2- ANTÍGONA.

Era filha e irmã de Édipo ao mesmo tempo e o acompanhou durante todo o seu exílio até sua morte, que ocorreu no local sagrado, chamado Jardim das Eumênides (local onde somente aqueles que não devem nada à verdade poderiam entrar). Foi quando todos procuraram por seu corpo, mas nada encontraram porque ele se tornou um filho de deus. Como vemos, esta é a história arcaica de um proto-Cristo. O mais maldito dos homens tornou-se um imortal porque lutou pela verdade e não teve medo de enfrentar suas consequências. Não é uma bela lição para nós que não somos tão "malditinhos" assim? Pense sobre isso, porque este é o verdadeiro caminho do herói: a busca da verdade a qualquer custo.

Antígona é, por excelência, a história da nobreza do feminino. Após a morte de seu pai, que ela seguira durante toda sua vida, retorna para Tebas encontrando seus dois irmãos, Etéocles e Polinices, mortos, lutando pela posse do trono de Tebas. Mataram-se lutando, sendo que Etéocles caiu dentro dos portões e Polinices fora. Seu tio Creonte, irmão de Jocasta, assumiu o trono e declarou herói aquele que morreu dentro dos portões e inimigo aquele que morreu fora deles. Decretou ainda que o corpo de Polinices deveria ser abandonado aos cães e aos abutres e que ninguém poderia tocá-lo sob pena de morrer apedrejado. Já o de Etéocles, que morrera dentro dos portões, supostamente defendendo a cidade, deveria ter funerais de herói. Na verdade, o que vemos aqui é a falsa fabricação do herói, uma vez que Polinices, ao lutar pela posse do trono, apenas reivindicava seu justo direito, pois estava previamente combinado de que cada um governaria a cidade por um ano, e assim se revezariam. Ocorre que Etéocles, seduzido pelo poder, não cumpriu o trato, obrigando Polinices a buscar seus direitos armado de um exército. Foi assim que os dois encontraram a morte na disputa pelo trono e Creonte, como bom político corrupto, fez de um herói e do outro vilão, para sua conveniência.

Antígona, mesmo sabendo do decreto que proibia enterrar seu irmão Polinices, executa os rituais fúnebres e sua irmã, Ismêne, tenta demovê-la, em vão. Irritada, Antígona exige-lhe que se dirija a Tebas e declare de alto e bom som que foi ela, sim, que enterrou o seu irmão. Tocamos aqui na arcaica lei dos deuses que determinava que todo homem tinha o direito inalienável de "nascer, viver e morrer com dignidade e honra" e além disso, os ritos fúnebres eram responsabilidade feminina na Antiguidade. Isto foi numa época em que a mulher exercia rituais religiosos, algo que está perdido na modernidade. Todos sabemos que os rituais religiosos e o sacerdócio são propriedade exclusiva do masculino há mais de dois mil anos.

O resultado é que ela é condenada à morte por ousar enterrar seu irmão, declarado inimigo da cidade. Quando ela é trazida prisioneira para o rei Creonte, trava-se o seguinte diálogo:

Creonte: "Você não sabia que havia um édito real que proibia enterrar esse inimigo de Tebas?"

Antígona: "Sabia, como não? Era público e notório!"

Creonte: "E como ousaste desobedecê-lo?"

Antígona: "Porque não é a você que devo obediência, mas aos deuses. As leis da vida e da morte não me pertencem e não lhe pertencem; não serei eu a julgá-lo, pois a mim cabe tão somente enterrá-lo. É o deus dos mortos (Hades ou Plutão) e sua esposa Perséfone, a juíza infernal, que o farão. Estas leis vigem desde a noite dos tempos, sem que ninguém possa dizer nem de onde nem quando se originaram. E não será você, um rei mortal condenado ao esquecimento, que me dirá se devo ou não obedecê-las. E digo-te mais: se eu tiver de escolher entre tuas leis – as leis dos homens – e as leis dos deuses, com essas ficarei, mesmo que isto me custe a morte, pois não conheço outra lei senão a do amor. Para essa nasci e assim morrerei e o único mandamento é o dos deuses: o direito inalienável de nascer, viver e morrer com dignidade e honra."

Aqui vemos o verdadeiro significado e a grandiosidade do heroico feminino que não precisa de armas para se expressar, pois detém a maior e mais poderosa delas: a dignidade e a honra para se viver.

O autor

Viktor D. Salis, o autor deste livro, estuda Mitologia Grega há muito tempo e, como o personagem Robério, também dá palestras sobre o tema. Ele não tem a menor dúvida de que podemos aprender muito com os ensinamentos da Antiguidade.

O ilustrador

Valeriano é paulista e mora com sua esposa e filho no interior de São Paulo.

Especializou-se em desenho e ilustrações em diversos cursos no SENAC e outras escolas de artes. Em 2009 foi contemplado com o 1º Prêmio no salão de artes da Associação Comercial de São Paulo.

Possui vários livros ilustrados pela Editora Nova Alexandria.

Impresso por :

Graphium
gráfica e editora

Tel.:11 2769-9056